좋아하는 일
하면서
돈 걱정 없이

# 좋아하는 일 하면서

## YOLO 라이프를 위한
## 하면서 퇴사 연습 이슬기 지음

# 돈 걱정 없이

시공사

이대로 사는 것이 최선일까?
하지만 퇴사를 하면, 그다음은?
하고 싶은 일을 하며,
돈 걱정 없이 살 수 있을까?

매일 아침 출근 길, 회사로 향하는 5년 동안 지옥철 속에 나를 구겨 넣으며 던졌던 질문들. 이 질문들의 답은 언제나 "원래 그런 거야"였다. 그것은, 어떻게 문제를 풀어야 할지 몰랐던 내가 답답하고 힘든 마음을 외면할 수 있게 하는 단 하나의 답이었다.

'이대로 사는 것이 최선일까?'
나는 필사적으로 이 질문에 매달렸고, 끈질기게 답을 찾아다녔다. 책상에 앉아 가만히 '좋아하는 것을 찾고 싶다. 하고 싶은 일을 하며 살고 싶다'고 생각하는 것만으로는 현실이 바뀌지 않음을 알았다.

회사를 미워하기도 하고, 이용하기도 하며 5년 동안 퇴사와 창직을 준비했다. 평생 하고 싶은 일을 찾기 위해 회사 안과 밖에서 서른여섯 개의 프로젝트를 진행했고, 열두 개의 직업을 가져보았다. 그중에는 좋아하는 일이라 생각해 시작했지만 금세 시들해진 것도 있었고, 처음엔 '과연 내가 할 수 있을까?' 의문을 품으며 자신 없어했지만 서서히 재미를 찾아가면서 결국 잘하는 일이 된 것도 있었다.
책상에 앉아서 고민과 한숨으로 가득 차 있을 때는 보이지 않던 '좋아하는 일'은 경험과 만남의 스펙트럼이 넓어지자 자연스럽게 내게 다가왔다. 그렇게 '퇴사'라는 단어의 무게가 깃털처럼 가벼워졌을 때, 회사를 즐거운 발걸음으로 떠났다.

끊임없이 실험하고 철저하게 준비한 덕분에 지금은 '하고 싶은 일을 하며, 돈 걱정 없이', 무엇보다도 '자유롭고, 행복하게' 살고 있다.
나의 이야기가 당신의 마음을 두드리기를 바란다. 오늘도 가슴속 사직서를 만지작거리며 자유를 꿈꾸고 있는 벗들이 하고 싶은 일을 찾고, '나'다운 삶을 살기를 진심으로 응원한다.

# 퇴사해도 괜찮을까?

"퇴사해도 괜찮다."

사람들은 회사 안이 전쟁터라면 회사 밖은 지옥이라고 말한다. 하지만 준비된 자에게 회사 밖은 모든 것을 실험해볼 수 있는 삶의 무대이다. 시간과 공간의 제약에서 벗어나 원하는 것이 무엇이든 시도해볼 수 있다. 조금의 용기를 낸다면, 충분히 준비가 되었다면 말이다.

# '을'이 아닌 '갑'이 되다

회사에서 월급을 받으면서, 얻을 수 있는 것
은 얻고 배울 수 있는 것도 배운 다음 밖으로
나오길 바란다. 회사를 이용하여 내가 좋아
한다고 생각하는 일이 실제로도 좋아하는 일
인지 충분히 실험하고 나왔으면 한다. 회사
안에서 좋아하는 일을 찾아 더욱 파고들고
발전시킬 수 있다면 더없이 축복받은 인간일
것이다. 하지만 그렇지 않더라도 괜찮다. 회
사 안에서 안 되면 주말에 회사 밖에서 '좋아
하는 일을 찾고, 직업으로 만드는 실험'을 충
분히 할 수 있다.

나만의 일을 만들어가는 즐거움

섣부르게 결정하지 말 것, 떠밀려서 나오지 말 것, 당신의 두 발로 신나게 춤추듯 걸어 나올 것.

누구에게나 타이밍은 온다. 그때가 오면 직감적으로 알게 될 것이고, 당당하게 퇴사를 선택하게 될 것이다. 이 책은 외롭고 고독한 싸움으로서의 퇴사 준비가 아닌, 즐겁고 신나는 여행으로서의 퇴사 준비를 도우려고 한다. 고민의 무게를 덜고, 좋아하는 것을 찾고, 그것을 일로 만드는 것에 집중하길 바라며. 어떤 선택을 하든, 인생은 나의 것이니까.

YOLO!

# 01
## 불시착

출근 5일째. 나는 이곳에 잘못 착륙했음을 깨달았다. 첫 출근을 준비하기 위해 새로 산 노트의 첫 페이지에 두 글자가 채워졌다.

'퇴사.'

오늘도 나는 어제와 똑같은 질문을 하며 하루를 마감한다. '퇴사해도 괜찮을까?'

퇴사라는 단어를 보면 떠오르는 이미지들이 있다. 불안, 초조함, 절망감, 무서움, 배고픔, 후회, 돌이킬 수 없음…. 펜을 들어 부정적인 생각들을 하나씩 지우고 그 밑에 다시 적어보았다.


퇴사,
인생이라는 여행에서
누구나 거쳐가는 여정.

# 힘든 마음
## 콘테스트

넘어지고 부딪혀서 생긴 상처에는 깨끗이 소독하고 약을 바른다. 혹여나 상처 난 자리가 또 다치게 될까 봐 평소보다 조심스럽게 행동하게 된다. 그러나 마음에 난 상처는 눈에 보이지 않는다는 핑계로 덮어두고, 덮어두고, 덮어두게 된다. 아픔이 무뎌질 때까지.

마음에 난 상처가 눈에 보인다면, 같은 아픔을 계속해서 줄 수 있을까? 힘든데 계속 힘들게 하고, 이를 악물며 참고 있는데 더 참으라고 하고, 바람 빠지듯 빠져나간 생기를 더 짜내고… 아마 마음에 난 상처가 눈에 보인다면 이렇게 상처를 곪아 터지게 놔두진 않을 것이다.

지금 내 마음엔 상처에 바를 빨간약이 필요하다.

입사 후 처음 일을 시작한 부서는 영업 실적을 관리하는 곳이었다. 그곳에는 일의 특성상 항상 긴장감이 감돌았다. 조심스러운 마우스 클릭 소리는 물론, 구석진 자리에 앉은 누군가의 한숨소리까지 모두 들릴 정도로 사무실은 무척 조용했다. 선배들은 일하기 위해 이곳에 왔으니 일만 하면 된다고 이야기했다. 하루의 절반을 보내는 곳인데, 기왕이면 즐겁게 일하는 게 좋지 않을까 했던 내 기대감은 선배들의 바쁜 키보드 소리에 서서히 묻혀갔다.

그러다 보니 나도 어느새 위에서 시키는 대로 하는 것이 미덕이라 믿는 사람, 내 자리를 빼앗기지 않으려 움켜쥐는 사람이 되어가는 것을 느꼈다. 업무 중 나에게 상처가 되는 말로부터 나를 지키려고 갑옷을 만들어 입었다. 그 갑옷은 이내 온몸을 압박하더니 살갗을 까기도 하고, 멍이 들게 하고, 피를 내기도 했다.

그리고 그와 동시에 나는 아픔을 듣기지 않는 것이 회사원의 필수조건임을 깨달아가고 있었다.

# 스펙
## 올림픽

"꼭대기에는 무엇이 있을까?"

《꽃들에게 희망을》 속의 애벌레들은 나와 닮았다. 힘들게 힘들게 꼭대기를 향해 끊임없이 기어 올라간다. 나 말고도 모두들 가고 있으니 꼭대기에는 틀림없이 좋은 것이 있을 거라고 믿으며, 필요할 때는 다른 애벌레들을 밟기도 하면서.
마침내 정상에 올라간 애벌레는 아무것도 없다는 것을 알게 된다. 당황한 표정을 지으며 이곳에는 아무것도 없다고 소리를 지르자, 주위에 있던 애벌레들이 성급히 그를 말린다.
이곳은 다른 모든 애벌레들이 올라오고 싶어 하는 바로 그곳이라고, 그들이 계속 믿어야만 우리가 대단한 애벌레가 된다고 하면서 말이다.

"공부 열심히 해. 대학만 가면
하고 싶은 대로 다 할 수 있어."
"취업 준비 열심히 해. 입사만 하면
원하는 대로 다 할 수 있어."

먼저 그 길을 지나온 사람들은 내게 그 길이 맞다고, 그 길만 따라 오면 된다고 말했다. 고비가 올 때마다 그들은 조금만 더 가면 편한 길이 나올 거라고 알려주었다. 하지만 그들이 말한 '가야 하는 곳'에 죽을힘을 다해 겨우 도착하면, 그들은 또 다른 '가야 할 곳'의 지도를 그려주었다. 이번이 진짜 마지막이라고, 네가 원하던 즐거운 인생이 곧 펼쳐질 거라고 하면서 말이다.

초, 중, 고 12년, 재수생활 1년, 대학생활 5년. 나는 줄곧 그 말을 믿고 따랐다. 온갖 스펙으로 무장을 해도 취업이 힘든 시대를 만난 탓에 자격증으로 탑을 쌓고, 공모전 때문에 밤을 새고, 돋보이는 자(뻥)소설을 만들기 위해 공사장에서 노가다근육을 기르고, 샌들을 신고 히말라야를 올랐다. 그렇게 스펙 올림픽에서 눈물나고 피터지게 경쟁했다.

드디어 회사의 빌딩 속 한 귀퉁이에 내 자리가 하나 생겼다. 가로 120센티미터 책상 하나, 15인치 노트북 하나, 의자 하나, 전화기 하나가 내 것이다. 회사가 곧 나이고, 내가 곧 회사이다. 어깨가 으쓱인다. 첫 출근길 시원한 새벽 공기가 코를 간질인다. 가슴에서 빛나는 회사 배지와 목을 휘감은 사원증이 자존감을 드높인다. 드디어 부모님의 아픈 손가락이 장한 자식이 되었다. 이제 세상은 내 것이다.

하지만 얼마 가지 않아 죽을 만큼 이곳에서 벗어나고 싶어 하는 나를 발견했다. 그토록 힘들게 취업에 성공했는데, 이곳에서 또다시 살아남기 위해 발버둥치는 나. 지금까지 나는 도대체 무엇을 위해 달려왔을까?

차라리 그들은 솔직했어야 했다. 회사라는 관문을 통과하는 순간, 매일 아침 다시 굴러 떨어질 것을 알면서도 큰 돌을 밀어 올려야 하는 시시포스Sisyphus보다 더한 형벌을 받을 것이라는 사실을. 동틀 녘부터 해가 지고 별이 뜰 때까지 죽어라 노력해도 뿌듯한 순간이 생겨나지 않을 거란 사실을. 그들 자신도 뾰족한 해결책을 찾지 못한 채 지금 이대로가 최선이라고 속이며 살고 있었다는 사실을.

# 영혼을
# <u>빼앗기다</u>

1단계    축하합니다. 이제 당신은 월급을
        받는 직장인입니다.

2단계    각오하세요. 이제 당신은 월급에
        휘청거릴 직장인입니다.

3단계    환장하겠죠? 이제 당신은 월급
        에 영혼까지 털릴 직장인입니다.

4단계    괜찮습니다. 이 위기만 견디면,
        당신은 위대한 직장인으로 다시
        태어날 테니까요.

나는 3단계에서 자진탈락.
결국 위대한 직장인이
되지 못했다.

합격 통지서를 받은 가을부터 이듬해 봄까지 나는 세상을 다 가진 것만 같았다. 가만히 있어도 해죽해죽 웃음이 나왔다. 수백 개의 입사원서 중 단 하나만이 살아남았지만, 그러면 또 어떤가? 결과는 입사인 것을. 드디어 내게도 멋진 야경 속 한 빌딩에서 책상 하나를 차지할 기회가 생긴 것이다. 아마도 부산에서 서울까지 기차를 타고 올라와 빌딩숲 사이에서 높은 빌딩들을 우러러보며 드린 눈물과 콧물의 컬래버레이션 기도가 통한 것 같다.

"신이시여, 어디든 입사만 되게 해주신다면 내 영혼의 반을 떼어드리리다. 그러니 제발, 저를 백수만은 되지 않도록 도와주세요."

기도의 힘은 강력했다. 취업의 신은 내가 가장 가고 싶어 했던 회사에 나를 입사시킨 한편, 내 영혼도 접수했다. 문제는 그때 벌어졌다. 티끌도 남겨두지 않고 영혼을 모두 가져갔다면 회사에 금방 순응해서 편하게 지냈을 텐데, 딱 절반만 가져가고 절반은 남겨둔 것이다. 회사의 색깔로 물들지 못하고, 그렇다고 내 색깔을 지킨 것도 아닌 어정쩡한 상태로 연수원 생활을 건넜다.

'어서 도망쳐! 이곳은 사람을 회사의 부품으로
리폼reform하는 곳이란 말이야!'
'어떻게 들어온 회사인데! 멍청아, 정신 차려.
어차피 갈 데도 없어. 다른 곳 다 떨어지고
여기 한 군데만 붙었잖아. 감사하게 여기라고.'

나는 흔들리는 눈동자를 들키지 않기 위해 표정을 박제하기 시작했다. 웃음이 사라지고 위액은 역류하고 똥꼬는 피를 뿜었지만 괜찮다. 화장실에 들어갈 때 한 손에 마데카솔을 든 것은 나만이 아니었다. 동기들과 눈이라도 마주치면 무한히 솟아나는 동지애를 느끼기도 했다. 우리는 회사가 사랑하는 인재가 되기 위해, 월급이란 걸 받아보기 위해 최선을 다해 자신을 버렸다.

신입 연수의 하이라이트, 카드섹션 시간이다. 신입사원들이 회사의 말을 잘 듣는 인재로 거듭났는지 확인하기 위해 높으신 분들이 높은 곳에서 우리를 내려다보고 있다. 같은 색깔 옷을 입고, 같은 간격으로 줄을 곧게 맞추어 선 신입사원들은 자신의 차례가 되자 함성을 지르며 손에 들고 있는 카드를 펼쳤다 접었다 한다. 자신이 어떤 그림을 만드는지 궁금해할 필요도 알 필요도 없다. 지시만 정확히 따르면 회사가 원하는 그림이 될 거라고, 그렇게만 되면 월급이 통장에 꽂힐 거라고 믿기만 하면 된다.

이제 내 차례가 되었다. 파란 하늘 위로 손을 번쩍 들어 파란종이를 펼쳤다. 드디어 나도 회사 로고 속 작은 픽셀이 된 것이다.

"축하합니다. 이제 당신은
월급을 받는 직장인입니다."

## 살아 있다면
## 행복하게

모든 국민은 인간으로서의 존엄과 가치를 가지며, 행복을 추구할 권리를 가진다.

_헌법 제10조, 행복추구권


까만 구두 위로 눈물이 떨어진다.
행복하지 못한 나에게 미안해서.

회사 로고가 그려진 다이어리가 까맣게 물들고 있다. 회사를 나가고 싶은 이유가 생길 때마다 까만 펜으로 바를 정正 자를 그렸다. 바를 정 자가 100개를 넘으면 회사를 떠나겠다고 다짐하며. 며칠 되지 않아 바를 정 자는 100개를 훌쩍 넘었다. 하지만 내게 사직서를 낼 용기는 부족했다. 나갈 이유는 차고 넘쳤지만.

파티션에 꽂혀 있는 책의 제목이 눈에 들어온다. 얼마 전 술에 취해 친구에게 찾아가서 힘들다고 울었더니, 자신이 힘들 때 읽던 책을 선물로 주었다.

"살아 있는 것은 다 행복하라."

나는 지금 살아 있는 것일까?

# 쳇바퀴

계속 이렇게 살아야 할까? 영원히 아침이 오지 않았으면 좋겠다고 생각하며 눈을 감았다.

눈을 가늘게 뜨고 엑셀에 적힌 숫자를 째려본다. 틀린 부분이 없는지 세 번이나 검토를 했지만 못미 더워 한 번 더 확인한다. 이렇게 확인을 해도 팀장 님은 단 1초 만에 내가 놓치거나 실수한 부분을 찾 아낸다. 숫자 강박증이 생길 것 같다. 잠을 제대로 못 자서 어지럽고 집중이 되질 않는다.

입사 후 불면증이 계속되었다. 제대로 밥을 먹어 본 지, 아니 소화시켜본 지 오래다. 먹기만 하면 화 장실로 달려가 변기를 붙잡고 몇 번이나 게워내야 겨우 숨이 쉬어진다. 회사에서는 어지럼증 때문에 쓰러질 뻔하기도 했다. 이러다 정말 큰일이 날 것 같아 정밀검사를 받으러 병원에 갔다.

의사는 차트를 보며 현대인은 모두 이 정도의 위 를 가지고 있으니 너무 걱정 말라고 했다. 그리고 이 말도 잊지 않았다. 스트레스는 만병의 근원이니 조심하라는 말이었다.

정말 죽을 것처럼 아파서 용기 내어 병원을 찾아 온 건데, 누구나 할 수 있는 말을 앵무새처럼 내뱉 는 의사가 정말로 미웠다. 지금 당장 하던 일을 그 만두고 쉬어야 한다는 말을 듣고 싶었던 것일까?

밤에 자려고 눈을 감으면 눈물이 흘렀다. 오늘과 같은 내일이, 내일과 같은 모레가, 1년, 5년, 10년 동안 계속될 것 같아서. 영원히 이 굴레에서 벗어날 수 없을 것 같아서. 옆 책상에 앉은 대리님의 일상, 앞에 앉은 과장님의 일상, 다른 직원들보다 큰 책상 을 가진 팀장님의 일상. 그 어떤 일상도 내 미래의 일상이 되는 게 싫었다.

회사에 들어가기 전까지의 삶은 그나마 버틸 만 했다. 미래를 그려볼 수 있었기 때문이다. 그런데 지금은?

불투명한 안경을 쓴 것처럼
도무지 미래가 보이지 않는다.

# '지나간다'는 거짓말

"나, 퇴사해도 될까? 너무 힘들어."

힘든 마음의 귀퉁이를 떼어 내가 가장 의지하는 친구와 부모님에게 이야기해보았다. 하지만 돌아오는 말은 한결같았다.

"회사생활이 힘든 건 다 똑같아. 익숙해질 거야. 지나갈 거야."

5년을 기다려보았다. 힘든 건 지나가지 않았다.

회사에 가장 빠르고 덜 아프게 적응하는 방법은 자기의 개성을 한껏 살린 옷을 벗어놓고 회사에서 마련해준 옷으로 빨리 갈아입는 것이다. 하지만 나는 그렇게 하고 싶지 않았다.

회사는 내가 가진 별 모양의 팔을 둥근 틀에 맞춰 자르려고 했고, 나는 팔을 잘리지 않으려고 한껏 웅크려야 했다. 시간이 흐를수록 회사의 둥근 틀은 점점 작아져서 더는 내 별 모양 팔을 감출 수 없었고, 아무리 피하려고 해도 팔의 살점이 조금씩 떨어져나갈 수밖에 없었다.

아무리 좋아 보이는 옷이라도 나에게는 맞지 않는 옷이 될 수 있다. 다른 많은 사람들에게 좋다고 해서 나에게도 똑같이 좋을 수는 없다. 아무리 좋은 것도 내가 싫으면 싫은 것이다.

"넌 어떤 사람이니? 어떤 사람이 되고 싶니?" 이런 질문에 나는 뭐라고 답할 수 있을까?

"이대로 회사에 내 팔을 모두 던져주고
적응하며 살아가는 사람."
"공기 중에 내 팔을 자유롭게 휘지으며
개성대로 살아가고 싶은 사람."

정답은 없다.

누구도 틀리지 않았다.

# 월급과
# 자유

나는 오직 하나의 자유를 알고 있다.
그것은 정신의 자유이다.
- 생텍쥐페리

12시 정각. 점심시간이 되면 서둘러 회사에서 최대한 멀리 떨어진 곳으로 도망간다. 회사에서 벗어나고 싶은 욕구가 하늘까지 치솟아 하늘과 가장 가까운 곳으로 뛰어가고 있다. 숨을 헐떡이며 도착한 곳은 남산 정상.

"제발 살려줘."

소리라도 지르면 시원할 텐데. 회사 안에서 한껏 작아진 나는 목소리도 잃어간다. 목구멍에서 살려달란 말이 맴돌더니 눈물과 섞여 작게 터져 나왔다. 입사할 때는 면접관의 "자네, 왜 우리 회사에 들어오고 싶나?"라는 질문에 2박 3일 동안 답할 수 있을 만큼 눈을 반짝였는데. 회사는 나의 운명이라 믿으며 검은 머리 파뿌리가 되도록 미친 듯이 기여하겠다는 마음도 준비되어 있었는데.

그런데 사원증을 목에 매다는 순간 '내가 회사를 사랑하고 싶은 이유'가 급격히 줄어들었고, 급기야 이제 딱 하나밖에 남지 않았다. 바로⋯.

# "월급"

월급을 포기하면, 자유를 얻을 수 있을까? 자유를 얻으면 월급을 잃겠지. 그렇게 살다가 거리의 부랑자가 되면 어떡하지? 겨울은 너무 추운데…. 하필이면 그때, 지난겨울 원룸을 구하러 다닐 때 걸린 발가락 동상이 생각났다.

월급과 자유. 두 개의 단어 사이에서 갈등했지만, 결국 점심시간이 끝나가자 마치 파블로프의 개처럼 회사로 발걸음을 옮기는 나를 발견했다.

12시 55분. 적막이 흐르는 사무실. 고개를 숙인 사람들. 무언가 하지 않아도 무언가 하는 것처럼 보여야 일을 잘하는 사람이 되는 이곳. 오후에 해야 할 일이 적혀 있는 다이어리를 펼친다. 낙서처럼 까맣게 새겨진 100개의 바를 정 자 옆에 작은 글씨로 '자유'라고 적었다.

자유, 자유, 자유, 자유, 자유

비싼 값을 치러야만 얻을 수 있는 단어. 언제쯤 나는 아무런 고민 없이 월급과 자유 중에 자유를 선택할 수 있을까?

# 회사를 나가는 바람직한 이유에 대하여

내가 회사를 나가고 싶었던 이유는 무엇이었을까? 그냥 다니기 싫어서? 다른 일을 하고 싶어서? 입사하고 5일 만에 100개를 채운 나의 '퇴사하고 싶은 이유'는 다음과 같다.

내가 퇴사하고 싶은 이유 &
퇴사 욕구가 차오르는 순간

1 저녁이 없는 삶

2 주말이 없는 삶

3 눈치성 야근

4 눈치성 업무

5 효율적이지 못한 방식의 일들

6 또라이 질량 보존의 법칙

7 데이트를 할 시간이 없어 선배들이 노총각, 노처녀로 늙어가는 모습을 볼 때

8 평가방식을 이해할 수 없을 때

9 아파도 아프다고 말할 수 없을 때

10 아파서 병원에 왔는데 회사에서 나를 찾는 전화벨이 계속 울릴 때

11 돈을 쓸 시간이 없어 통장 잔고만 늘어날 때

12 '너무 야근이 잦아서 아이가 크는 걸 볼 수가 없어 나의 존재를 잊을 것 같아' 같은 무서운 말을 들었을 때

13 가족의 특별한 날에 함께 있을 수 없을 때

14 내 휴가 내가 쓰는데 눈치를 백만 번 봐야 할 때

15 휴가 중에도 업무 전화를 받아야 할 때

16 회식 중에 먹지 못하는 술을 억지로 마셔야 할 때

17 폭력적인 발언을 들었을 때

18 매일 같은 일만 하는 탓에 도태되어간다고 느낄 때

19 나 자신이 큰 기계 속 작은 부품처럼 느껴질 때

20 〈개그콘서트〉에서 가장 재미있는 코너(맨 마지막 코너!)가 나올 때부터 슬퍼지기 시작할 때

21 잦은 월요병으로 월요일 저녁이면 술이 고플 때

22 해를 본 지 오래되어 점점 하얘지는 내 모습을 볼 때

23 매일 타는 지옥철

24 월급을 모으고 모아도 서울에 내 집 하나 가지기 힘든 걸 알아버렸을 때

25 명퇴나 은퇴하는 사람을 보며 언젠가 내 차례도 오겠지 하는 생각이 들 때

·
·
·

97 삼시세끼를 제 시간에 챙겨 먹기 힘들 때

98 먼지 같은 일을 하다 먼지처럼 사라질 것 같을 때

99 뻔히 그려지는 미래의 내 모습이 별로일 때

100 하고 싶은 일을 하며 살고 싶을 때


회사를 떠나고 싶은 이유 중 소위 말해 바람직한 것이 있을까? 바람직한 것까진 모르겠지만, 적어도 나는 후회를 최소화할 수 있는 이유는 있다고 생각한다.

앞에서 소개한 여러 이유 중 97번째까지의 이유로 회사를 그만두었다면 나는 얼마 가지 않아 뒤돌아서 땅을 치고 후회했을지도 모른다. 어차피 돈을 버는 일은 '일과 관계, 시간, 생각지도 못한 변수'로 인한 스트레스를 배제할 수 없으니까 말이다. 또 퇴사하여 다른 회사로 이직을 했어도 비슷한 이유로 힘들어하고 또다시 퇴사를 반복했을 확률도 높다. 옮긴 회사에 한 단계 업그레이드된 또라이와 업무량이 기다리고 있을지도 모르니까.

회사생활은 힘들다. 죽을 만큼 힘들다. 이런 일을 하려고 20년 동안 꽃놀이도 제대로 못 해보고 연애도 제대로 못 해본 것인가 하는 생각이 들기도 한다. 공부하고 시험 보고 스펙 쌓았더니 좋은 시절이 다 간 것 같아서 억울하기도 하다. 내가 나인지 이 껍데기가 나인지 헷갈릴 때도 많고, 집나간 영혼을 되찾아오기 위해 눈물이 날만큼 매운 족발이나 술의 힘을 빌리는 날도 많다.

그래도 힘들게 들어온 만큼 섣불리 퇴사를 결정하기보다 버틸 대로 버티면서 회사를 최대한 이용해보길 권한다. 후회하지 않게 말이다. 그리고 끝내 퇴사하게 되더라도, 회사 밖에서의 시행착오를 최소화하기 위해 회사에서 배우고 나와야 하는 것들은 꼭 경험해보고 나갔으면 한다. 옛날을 회상하며 다시 돌아오지 않는 봄날을 안타까워했듯, 지금 이 순간도 지나고 보면 다시 돌아오지 않는 봄날일지도 모른다.

먼지 같은 일을 하다 먼지처럼 사라질 것 같을 때, 뻔히 그려지는 미래의 내 모습이 너무나 별로일 때 심각하게 퇴사를 고민해보면 어떨까? 하고 싶은 일을 하면서 도전하며 살고 싶을 때, 그 일이 아주 명확하진 않아도 어느 정도 윤곽이 잡혀갈 때 퇴사를 하는 것이 가장 후회를 적게 남기는 방법일 것이다.

물론 회사를 나와서도 일이나 사람 때문에 힘들 수는 있다. 하지만 적어도 '내가 살고 싶은 삶을 향해 걸어 나가고 있다'는 믿음이, 내가 있는 곳을 전쟁터에서 놀이터로 만들어줄 것이다.

02

방황

반복되는 지옥에서 벗어날 수 있는 방법을 찾기 위해, 알고 있는 직업과 삶의 방법을 모조리 적어보았다. 학교에서 의무적으로 채워야 했던 직업란 속의 뻔한 것들로 노트가 뒤덮였다.

세상에는 수많은 길이 있고, 내가 걷고 있는 길은 그중 하나의 길에 불과하며, 마음이 그 길을 따를 수 없다고 느낀다면 어떤 상황이 되었든 그 길에 머물지 말아야 한다는 류시화 시인의 글이 생각났다.

하지만 나는 새로운 길을
볼 수 있는 눈이 없어,
그 어떤 길도 선택할 수가 없었다.
내일도 출근이다.

## 작은 희망

한숨과 함께 나의 봄이 울었다. 절망과 함께 나의 여름이 통곡했다. 체념과 함께 나의 가을이 한숨을 쉬었다.

내 거취에 대해 새로운 통보를 받았다. 만지작거리던 사직서를 또다시 내려두었다. 작은 희망과 함께 나의 겨울이 고개를 들었다.

'여기보다 낫겠지.'

근무지를 본사로 옮기게 된 것은 나에게 큰 사건이었다. 우선 나이도 같으면서 직급이 높다는 이유로 나를 괴롭히던 선배의 얼굴을 더는 보지 않아도 된다는 사실이 기뻤다. 본사 발령이 난 2011년 12월 23일 금요일. 그 선배의 일그러진 얼굴이 아직도 기억난다. 질투심에 기분이 상한 선배는 작별인사를 할 때에도 나에게 이렇게 말했다. "상무님 방에 있는 꽃과 난에 물 주고 떠나요. 아, 커피머신도 청소해놓고."

월요일 출근을 위해 토요일 새벽 기차를 타고 서울로 향했다. 서울은 부산과는 비교도 할 수 없을만큼 추웠다. 덜덜 떠는 바람에 이가 딱딱 소리를 내며 서로 부딪쳤고 가만히 있으면 손끝과 발끝이 찌릿찌릿 저려왔다. 나는 친구 집에 옷가지가 들어 있는 트렁크를 잠시 맡기고 나의 보금자리가 될 집을 구하러 다녔다.

서울에서 만나게 된 낯선 환경. 그리고 변화. 무엇이든 혼자서 해결해야 하는 상황이 두려움보다는 이상하게 묘한 기대감으로 다가왔다.

이전보다 나아질 거라는
작은 희망 때문이었을까?

서울의 방값은 겨울의 추위만큼 혹독했다. 그해 가장 추웠다는 크리스마스이브와 크리스마스에 집을 알아보러 다니던 나는 크리스마스 선물 대신 발가락에 동상을 얻었다. 의사는 요즘 이렇게 심한 동상은 노숙자도 걸리지 않는다고 말했다.

월요일 아침, 나는 간지러운 발가락을 신발 속에 숨긴 채 첫 출근길에 나섰다. "진짜 잘 해봐야지, 이곳은 다를지도 몰라!" 설레는 마음을 품고 대문을 나선 지 5분도 채 안 되어 굉장한 광경을 목격했다. 사람이 창문 밖으로 터져 나올 것 같은 지옥철과, 누구 하나 더 태울 수 없을 것 같은 틈 사이로 자기 몸을 집어넣는 초인적인 사람들!

하지만 얼마 가지 않아 나도 그 초인적인 사람이 되었다. 아니, 그렇게 되어야만 출근을 할 수 있었다. 지하철이 도착하면 뒤로 돌아서서 1센티미터의 틈으로 한 발을 넣고 한 손으로 지하철 문을 잡고는 왼쪽 오른쪽으로 몸을 돌려 억지로 끼워 넣었다. 서울의 지하철 문은 한 번에 닫히질 않았다. 세 번 정도 열렸다 닫혔다 하면서 무료 경락마사지를 시전했다.

"다음 역은 시청역입니다. 내리실 문은…."

검은 정장을 입은 직장인의 파도에 휩쓸려 시청역 8번 출구로 나왔다. 고개를 들어 주위를 둘러보았다. 고개가 뻐근해질 정도로 높은 빌딩 숲이 펼쳐졌다. 익숙한 곳, 취업의 신에게 수많은 빌딩 속 어느 한 곳에 제발 내 자리를 만들어달라고 기도했던 바로 그곳이다.

그렇게도 바라던 꿈이
이루어졌다.

# 잠깐 동안의 꿈

서울 중심가에 위치한 새하얀 빌딩. 회전문을 열고 들어서면 인사를 해주는 사람들. 사원증을 찍어야만 열리는 보안문. 심장을 들었다 놨다 하는 초고속 엘리베이터. 화장실 비데와 수도꼭지에서 나오는 따뜻한 물. 그리고…,

친절한 사람들.

그전에도 본사로 들어갈 기회가 있었다. 나는 사람들 앞에서 이야기를 잘 한다는 이유로 신입연수 때 사회자로 차출되었고, 특이한 여행 경력 덕에 회사 TV에도 출연했었다. 이를 눈여겨보던 인사팀에서 본사로 오는 것을 제안했었는데 "저는 집 근처가 좋아요"라고 해맑게 웃으며 바보같이 거절했었다.

대부분의 동기들이 본사로 발령이 나고 싶어 했던 이유를 본사에 와서야 깨달았다. 수천 명이 함께 일하는 본사는, 열 명의 사람들만 앉아 있던 좁은 사무실과는 분위기가 많이 달랐다. 밝고 세련된 사무공간에서 깔끔하고 단정하게 차려입은 사람들이 일을 하며 앉아 있었다. 각 층마다 시원하게 뚫린 창 밖으로 서울 시내와 남산타워가 한눈에 보였고, 빌딩 안에는 휴게 공간과 도서실, 여성들을 위한 공간도 있었다.

처음 만난 팀의 사람들은 이전 팀의 사람들과는 달리 나에게 우호적이었다. 윽박지르는 일도, 하대하는 일도 없었다. 나의 의견을 존중해주었고, 내가 만든 기획서를 함께 다듬어서 상사에게 보고 하기도 했다. 나의 사수 J는 내가 잘못하거나 실수하는 일이 있어도 이해할 수 있도록 이야기해주었고, 잘하면 잘한다고 칭찬해주는 사람이었다. 또 하루 종일 앉아 있다고 해서 일을 하루 종일 하는 것은 아니라는 걸 알고 있었기에 날씨가 좋으면 바람 쐬러 가자고, 날씨가 흐리면 따뜻한 커피를 마시자고 먼저 이야기해주는 사람이었다.

그의 리더십 아래, 나에게는 J를 비롯한 팀의 모든 선배들을 존중하는 마음이 생겼고, 이전 팀에 있을 때는 너무나도 싫었던 회식을 좋아하게 됐으며, 심지어 함께 여행을 가기 위해 1박 2일 계획표를 만드는 사람이 되어갔다.

하지만 행복은 오래가지 않았다. 조직 개편으로 내가 좋아하던 선배들과 나는 각각 다른 팀으로 뿔뿔이 흩어졌다.

꿈에서 깨어날 시간이다.

## 답정공부

아무것도 하지 않으면 아무 일도 일어나지 않는다. 이곳에 있고 싶지 않지만 무엇이 내 꿈인지, 내가 무엇을 꿈꿨었는지 생각나지 않는다.

꿈이 없는 자에게 현실 도피를 위한 가장 쉬운 선택은 공부였다. 오답일 확률이 높지만 애써 정답이라고 속이며 지금의 힘듦을 순간적으로 피하기 위해 선택했다.

답은 정해졌다. 공부.

토요일 새벽 6시. 신입 공채 선발을 위한 입사시험의 감독관으로 차출되어 시험이 진행되는 학교로 갔다. 셔츠와 정장바지가 오랜만에 다림질을 받아 빳빳하게 날이 섰다.

감독관 오리엔테이션이 시작되었다. 인재육성의 총사령탑 인사팀을 대표한 K차장은 근엄한 표정을 지으며 감독관으로 온 2, 3년 차 병아리들에게 회사를 대표하는 자의 자세를 강조했다. "옷은 프로페셔널하게, 표정은 애지edge 있게."

시험 시작 30분 전. 화장실로 가 매무새를 고쳤다. 거울을 보며 '이제 정장이 제법 잘 어울리는 걸?' 하고 생각했다. 정장 옷깃에 달린 회사 배지가 반짝인다. 이곳에 시험을 보러 오는 학생들이라면 모두 부러워할 이것. 원가 100원도 안 되는 이 배지를 가슴에 달기 위해 수험자들은 오랜 기간 기다리고 준비했을 것이다. 예전의 나처럼.

긴장된 표정의 학생들이 하나둘씩 교실로 모여든다. 어떤 학생은 교실에 들어오자마자 화장실을 계속 왔다 갔다 하고, 어떤 학생은 아직 도착하지 않은 옆 사람의 책상과 자신의 책상을 바꾸어놓기도 한다. 종이 울리고 시험이 시작되었다. 짧은 시간 동안 최대한 많은 문제를 풀어야만 하는 학생들은 숨소리도 죽인 채 기계적으로 OMR카드를 채워나갔다.

그런데 한 학생이 공기의 중압감을 못 이겨 울음을 터뜨렸다. 다른 학생들은 '왜 하필 내가 있는 교실에서 이런 일이 일어나는 거야!' 하는 표정을 짓더니 아랑곳하지 않고 다시 시험에 집중했다. 우는 학생을 재빨리 밖으로 데리고 나와 화장실로 갔다. 그 친구는 변기를 잡고 속을 게워낸 뒤 이내 하얀 웃음을 지으며 이제 괜찮다고 말했다. 다시 교실로 돌아가는 그 학생의 등에 내 모습이 비쳤다. 부끄러웠다. 왜 그런 감정이 느껴졌을까?

시험이 끝났다. 시험지와 답지가 박스에 실려 교문을 빠져나가고, 수험자들과 감독관들도 모두 각자의 갈 곳을 향해 떠났다. 나는 교문 앞에 서서 갈 곳을 잃은 사람처럼 한참을 서성였다. 그리고 나 자신에게 질문했다.

회사에서 벗어나기를 간절히 바라면서
왜 취업을 준비하던 그때처럼
간절하게 준비하지는 않는가?

간절히 원하던 것으로부터 받은 상처 때문에, 아무것도 하지 않으면 아무 일도 일어나지 않는 다는 사실을 잊고 있었다. 이 사실을 되새긴 뒤에, 퇴사하고 나서도 나의 생활을 보장해줄 수 있는 안전장치를 만들어두자고 다짐했다. 무엇을 해야 할까? 모든 경우의 수를 떠올리기 위해 머리를 쥐 어뜯었다.

그렇게 해서 겨우 찾아낸 답은 '공무원' 혹은 '사' 자가 붙은 전문직이었다. 세상에는 한 번도 경험하 지 못한 다양한 직업이 있을 텐데, 주변의 누구도 그것을 보여주지도 이야기해주지도 않았다. 결국 몇 개 없는 선택지에서 익숙하고 안전하다고 생각 되는 답을 고를 수밖에 없었다.

이 쳇바퀴 같은 선택은
언제 끝날까?

# 노량진과
# 신림동 사이

숨을 쉬어야 다른 것을 바라볼 여유가 생길 테니까…. 여유가 있어야 좋아하는 일도 하면서 살 수 있는 힘이 생길 테니까…. 공부는 나를 지켜내기 위한 처절한 선택이었다.

어디로 가볼까? 지하철을 타면 노량진, 버스를 타면 신림동으로 갈 수 있다. 그때, 수험생활을 시작한 지 1년 만에 9급 공무원 시험에 붙은 친한 동생의 일화가 떠올랐다. 나도 공부만 하면 9급 공무원이 될 수 있을 거라는 약간의 희망이 보였다.

노량진 지하철 플랫폼에는 '그 순간만큼은 세상에서 남부러울 것 없는' 합격생들의 사진과 '최다 합격생 배출'이라는 카피를 붙인 고시학원 광고들이 도배되어 있었다. 모든 학원이 최고라고 자랑하니 어느 학원이 좋은 학원인지 전혀 알 길이 없었지만, 길을 걷다 아주 자연스럽게 강의실 앞자리를 차지하기 위해 줄을 서서 대기하는 학생들과 함께 어느 학원으로 들어와 버렸다. 학원 관계자는 귀신같이 처음 온 사람을 알아보고는 좋은 학원을 선택해야 수험기간을 줄일 수 있다는 달콤한 이야기로 구애를 시작했다.

'공무원이 되면 지금보다 행복할까?'

이곳에서 공무원 공부를 하는 나를 상상해보았다. 노량진 수산시장에서 불어오는 비릿한 바람과 함께 후회가 밀려왔다. 이렇게 될 줄 알았다면, 대학교 1학년 때부터 취업 준비 대신 시험 준비를 해야 했다. 아니, 고등학생 때 수능 문제집 대신 공무원 시험 대비 문제집을 풀었어야 했다.

차마 집으로 발걸음을 돌리지 못하고 방황하다가 이번에는 신림동으로 가는 버스에 올랐다. 마침 K선배에게 전화가 왔고 축 처진 목소리를 듣더니 그는 내가 있는 곳으로 한달음에 달려왔다. 나와 같은 고민을 하다가 시험을 선택해 지금은 전문직 종사자가 된 K선배는 회사를 다닐 때보다 얼굴이 좋아 보였다. 그는 자신이 다녔던 학원을 소개해준 뒤, 수험생활 도중 힘이 들 때마다 찾았던 포장마차로 나를 데리고 갔다. 그는 열심히만 하면 3년 안에 붙을 수도 있다고 위로했다. 공부, 다시 할 수 있을까? 소주는 달콤한데 닭발이 매워. 그만 소주잔으로 눈물이 떨어졌다. 소주잔이 넘친다.

일반 회사를 다니는 것보다 나을 거라는 막연한 생각과 나이가 들어서도 할 수 있는 일이라는 사실로 애써 합당한 이유를 만들어가며 공부를 시작했다. 어떻게든 회사에서 빨리 벗어나고 싶었던 마음도 한몫했다. 공부를 하면서 '과연 이 직업이 나와 맞을까?'라는 의문은 없어지지 않았다. 하지만 이것보다 나은 대안을 찾을 수는 없었다.

'지금보다 시간적으로 여유가 있고,
60세가 넘어서도 계속할 수 있고,
수입도 괜찮은 직업이니까
쓸데없는 생각 말고 공부나 열심히 하자.'

# 나의
## 사주생활

사주, 토정비결, 별자리, 신점, 타로, 화투점…. 어떤 점을 쳐봐도 어쩌면 다 내 애기랑 똑같을까? 마치 천기가 누설된 것처럼.

그래, 요즘 내가 힘든 이유는 하늘의 뜻이었던 거야.

어느 곳에라도 기대고 싶었다. 기약 없는 시험공부는 언제 끝날까? 회사에서 나오면 지금보다 나은 삶을 살 수 있을까? 계속 다니는 것이 맞을까? 누구도 답해주지 못하는, 답이 없는 이 문제에 답을 얻고 싶었다.

운명? 사주? 인생은 개척해나가는 것이라고 믿었던 나는 사라지고, 사주에 기대는 나로 다시 태어났다. 타로를 볼 때 내는 3,000원도 아까워하던 나였는데, 점점 사주에 투자하는 비용이 많아진다. 용하다는 곳이 있으면 한 달을 기다려서라도 먼 길을 마다않고 달려갔다. 점집에 가서는 면접을 보듯이 최대한 공손하게, 최대한 절박하게 물었다.

"회사를 그만둬도 될까요?"

용하다는 점쟁이는 쌀을 뿌리거나 손가락을 오므렸다 펴는 등 알 수 없는 행동을 하고 주문을 외우며 근엄한 표정으로 대답한다.

"회사에 남아 있어도 좋고, 그만둬도 좋아. 시험 운이 있고, 역마살도 있어. 외국에 나가서 살아도 괜찮겠다."

나무가 많다느니, 아직 꽃이 피려면 멀었다느니, 힘든 것을 이겨내야 한다느니 하는 말을 10분간 듣다가 알아볼 수 없는 글씨로 휘갈겨진 부적 같은 걸 받아들고 카드로 계산을 한 뒤 밖을 나선다. 사람의 힘든 마음을 이용해 돈을 버는 점쟁이가 야속하기도 하고, 점쟁이야말로 세상에서 가장 돈을 벌기 쉬운 직업인 것 같은 생각도 들지만, 답답한 마음을 해결할 길이 없어 속는 줄 알면서도 계절이 바뀔 때마다 찾게 되었다.

회사를 그만두기 직전에 마지막으로 찾은 곳은 전국 10대 사주로 손꼽히는 유명한 곳이었다. 50대로 보이는 아저씨가 컴퓨터를 앞에 두고 무표정한 얼굴로 생년월일을 묻는다. 생년월일을 컴퓨터에 입력하니 내 평생의 사주가 프린트기의 요란한 인쇄 소리와 함께 까만 글씨로 찍혀져 나왔다. 나는 늘 하던 질문을 했고 늘 듣던 대답을 들었다. 격하게 공감하면서.

사주를 보던 아저씨가 나를 빤히 보더니 사주를 배워보라는 말을 한다. 나에게 타고난 직관이 있어서 두 달 정도만 배우면 자기만큼 할 수 있을 거라고 말이다. 요즘에는 생년월일만 입력하면 컴퓨터가 알아서 사주를 찾아주기 때문에, 그걸 잘 읽기만 하면 된다는 사업 비밀까지 이야기해주었다. 그러더니 점점 나에게 자기 고민을 털어놓기 시작했다. 그는 이런 시스템으로 중국 기업 OO사주처럼 회사를 키워보고 싶은데 자기를 도와줄 생각 없느냐고 물었다.

사주쟁이는 나에 대한 얘기를 고작 10분 떠들었고, 나는 그에게 30분 동안 상담을 해주었다. 그런데 나에게 돈을 받는다. 덕분에 마지막으로 가장 높은 비용을 지불하고 사주에 의지하던 생활에서 벗어났다. 그동안의 수업료가 아까웠지만 할 수 있는 직업 리스트가 하나 추가된 것으로 만족하기로 했다.

# 퇴사알람

'짧으면 1년, 길면 2년 후, 나는 이곳에 없다.'

공부를 시작한 뒤로 회사가 다르게 느껴졌다. 어차피 떠날 곳이고, 곧 떠날 수 있다고 생각하니 불합리하다고 느껴졌던 조직문화에 답답해하며 화를 내는 데 쓰던 에너지를 이제 더는 불필요하게 사용하지 않게 되었다. 억지로 적응할 필요도 없어졌다. 회사에 대한 생각을 재편성했다. 회사에 들어온 덕분에 월급을 모을 수 있었고, 다른 길을 찾아볼 수 있는 시간을 가지게 되었다고 말이다.

째깍째깍.

퇴사알람의 카운트다운이 시작되었다. 남은 시간이 줄어드는 것이 보이자, 회사에서만 할 수 있는데 하지 못한 것이 없는지 찾아보고 싶은 마음이 생겼다.
보물을 찾는 해적처럼.

잘 다니던 회사를 제 발로 나오는 것도 죄송한데, 공부한답시고 부모님께 손을 벌릴 수는 없는 노릇이었다. 공부에 쏟을 기간을 최대 3년으로 잡아놓고 그동안의 생활비를 계산해보았다. 그리고 회사 월급을 몇 달 동안 모아야 그 돈을 채울 수 있는지 가늠한 뒤, 지금 꼭 필요한 생활비만 뺀 나머지 모든 돈으로 적금을 부었다. 통장에는 '자유를 향한 총알'이라고 적어놓았다.

신입에게 꼭 필요한 역량을 하나만 꼽으라면 '아무 일이 없어도 딴짓 하지 않기'가 아닐까? 입사 초 아직 업무가 주어지지 않았을 때에는 정말 너무 심심했다. 할 수 있는 것이라곤 사내 인트라넷을 뒤지는 일밖에는 없어서, 회사의 모든 공지사항과 사내 뉴스를 읽으며 시간을 보냈다. 그날도 할 일 없이 공지사항을 훑던 중 '미디어삼성 기자단 모집'이라는 지나간 기사를 발견했다.

모집공고에는 각 계열사마다 한 명씩 뽑고 한 달에 한 번 정기 모임을 갖는다고 적혀 있었다. 조금 더 알아볼 겸 기자단을 했던 선배를 찾아가 물어보았다. 선배는, 기자단이 되면 한 달에 한 번 정기 모임을 위해 업무시간에 공식적으로 외출을 할 수도 있고, 매월 소정의 활동비도 지급한다고 알려주었다.

'계열사마다 아는 사람이 한 명씩 있으면 정말 멋지겠다. 거기다 활동비까지 준다니.'

전사의 다양한 사람들을 만나볼 수 있는 데다. 무리한 적금 탓에 부족해진 생활비도 보충할 수 있어 기자단은 정말 좋은 기회가 될 것 같았다. 나는 이전 기수 모집 공지가 뜬 날짜를 확인한 뒤 다음 해 달력에 적어놓고 혹시라도 놓칠까 봐 휴대폰에 알람 설정도 해두었다.

시간이 흘러 드디어 기다리던 모집 공지가 떴다. 그리고 상사 눈치를 보느라 지원하는 사람이 적은 덕분에 나는 아주 쉽게 기자단이 되었다. 매달 기자단 사람들과 만나서 이야기를 나누는 것만으로도 회사생활의 활력을 얻을 수 있었다. 같은 회사 동료들에게는 나눌 수 없는 고민을 솔직하게 이야기할 수 있었고, 각기 다른 업력을 가지고 있는 사람들로부터 구체적인 조언도 들을 수 있었다. 뿐만 아니라, 회사 밖의 삶을 꿈꾸는 사람들을 이곳에서 발견할 수 있었는데, 같은 종족인 것을 확인한 뒤에는 더 편하게 그것(퇴사. 회사에서는 차마 입에 담을 수 없는 이야기)에 대해 진지한 이야기를 나누기도 했다.

우리는 정기적으로 만나는 모임 이외에도 번개 모임으로 자주 만났다. 시간이 지나면 지나갈 거라고 대수롭지 않게 여겼던 나의 고민과 힘듦과 슬픔은 이곳에서 어떤 사실을 알게 된 것만으로도 조금씩 치유되어갔다.

그것은 바로 '이곳에 있는 모두가
같은 고민을 하고 있다'는 사실이었다.

# 저녁이
있는 삶

저녁이 있는 삶을 달라.
가족이 있는 삶을 달라.

- 호모직장인스

야근시대가 시작되었다. 새로 옮긴 팀은 최신 IT기술을 다루는 신생팀이었는데 실적을 내기 위한 열기가 굉장했다. 1년 안에 퍼포먼스를 보여줘야 하는 경력직까지 합세해 바야흐로 야근 어벤저스가 탄생했다. 이들은 지하철 막차 시간 15분 전까지 '열일'을 하고 다함께 지하철로 뛰어갔다. 물론 주말 출근도 잊지 않았다. 1년 선배인 H와 나는 어벤저스의 뜨거운 열기에 타 죽을 지경이었다. 우리는 결국 선배들이 저녁을 먹으러 간 틈을 타 도망을 치고 말았다.

도망자 둘은 다음 날 회의실로 불려갔다. 벙어리처럼 입을 꾹 다물고 죄송하다는 말만 하는 우리에게 선배들은 왜 도망을 갔는지 법정의 검사처럼 끈질기게 물어보았다. 20대 꽃다운 청춘이 저녁이 있는 삶을 원하는 것은 당연하지 않은가. 저녁이 있어야 데이트도 하고, 돈도 쓰고, 결혼도 하고, 아이도 낳는 등, 국가 경제에 도움이 될 것 같아서 그랬다고 당당히 이야기하고 싶었지만, 꾹 참았다. 하고 싶은 말을 하지 않는 것이 평탄한 회사생활을 위한

제1원칙이기 때문이다.

다행히도 회사의 정책으로 야근 시대는 두 달 만에 막이 내렸다. 여섯 시에 정시 퇴근을 하도록 지시가 내려왔기 때문이다. 인사팀 사람들은 여섯 시 십 분이 되면 각 층을 돌며 남아 있는 사람이 몇 명인지 체크했고, 부서장들은 자신의 평가점수를 위해 퇴근을 독려했다.

젊은 직장인들은 환호성을 질렀고(물론 마음속으로), 나이가 있는 직장인들은 한숨을 내쉬었다. 인생의 오랜 시간을 회사에서 야근을 하며 보낸 선배들은 입사 이래로 처음 해보는 이른 퇴근에 넘쳐나는 시간을 어떻게 써야 할지 몰라 힘들어했다. 일찍 퇴근하여 집에 가도 와이프가 저녁을 차려주는 것을 귀찮아하고 아이들도 서먹해한다며 서운함을 토로하기도 했다.

하지만 젊은 직장인들의 얼굴빛은 나날이 화사해졌다. 이 시기에 가장 많은 동기와 선배가 결혼을 했다. 연애할 능력이 없어서 애인이 없었던 것이 아니라 연애할 시간이 없어서 애인이 없었다는 것이 진실로 판명되는 순간이었다.

능력이 없어서가 아니라
시간이 없어서였다.

# 퇴사피플

이곳에 오지 말았어야 할 사람, 이곳을 곧 떠나야 할 사람들은 신기하게도 서로를 알아본다. 우리는 회사를, 몸과 마음을 수양하는 곳이라고 불렀다. 하고 싶은 것은 많지만 이곳에서는 할 수 없고, 잘하는 것이 있지만 들켜서는 안 되며, 좋아도 좋지 않은 척, 좋지 않아도 좋은 척, 마치 '도'를 닦듯 회사의 시간을 견뎌야 했기 때문이다.

우리는 회사에서 마주칠 때마다 두 손을 모아 합장을 하며 서로의 안부를 물었다.

"오늘도 수양하러 오셨습니까?"

그들은 모두 나보다 먼저 회사를 떠났다.

나와 친했던 사람들이 하나둘 회사를 떠나갔다. 그들 중에는 퇴사 후 자신과 결이 맞는 회사로 입사한 사람도 있고, 자신의 철학이 담긴 회사를 차린 사람도 있으며, 꿈을 이루기 위해 공부를 시작한 사람도 있었다. 머뭇거리지 않고 바로 떠날 수 있는 그들이 부러웠다. 하지만 어느 회사를 가나 다 똑같을 것 같아서, 회사를 직접 만들기는 무서워서, 무슨 꿈을 이루어야 할지 몰라서, 나는 회사를 나가지 못하고 하던 공부만 계속했다.

그해 겨울, 미디어삼성 기자단 3기에서 가장 친하게 지냈던 J가 퇴사를 한 뒤 독일로 떠난다는 소식을 전했다. 그는 내게 시간과 장소가 적힌 쪽지를 주었다.

그때는 몰랐다. 그 쪽지가 내 인생을 송두리째 바꾸어놓을 거라는 사실을.

퇴사하기 전에 꼭 가봐야 할 곳

'TEDx삼성, 금요일 저녁 일곱 시,

서초사옥 대강의실'

6개월간 하루도 쉬지 않고 공부를 하던 나에게 주는 선물이라 생각하며, 시간을 내서 J가 남긴 메시지를 따라가보기로 했다. 그곳에서는 테드엑스 삼성, 줄여서 테삼이라고 불리는 30~40명의 사람들이 각각 조를 이루어 동그랗게 모여서 토론을 하고 있었다. 그들은 굉장히 신나는 표정을 짓기도 하고, 때로는 굉장히 심각한 표정을 짓기도 했다.

아는 사람이 한 명도 없었던 나는 참여하지도 않고 그렇다고 나가지도 않은 채 어정쩡하게 서서 사람들을 관찰했다. 그들이 왜 이곳에 왔는지, 무슨 이야기를 그토록 재미있게 하는지, 도대체 누구인지 궁금했다. 하지만 하고 싶은 이야기를 억눌러온 습관 때문에 그날 나는 아무것도 하지 못했다.

평생 좋아하는 일을 하며 살기 위해서는 가장 먼저 내가 무엇을 좋아하는지 찾아야 한다. 그런데 이때 '진짜'와 '가짜'를 구별해내는 것이 중요하다. 좋아하는 일을 하기 위해 회사를 나왔는데, 막상 부딪혀보니 내가 진짜로 좋아하는 일이 아니었음을 알게 된다면 정말 난감해질 것이다.

나는 다음과 같은 여러 질문을 스스로에게 던지면서 진짜와 가짜를 철저히 구별해나갔다. 각자 한번 생각해보고, 적어보자.

Q. 좋아하고 해보고 싶은데, 하지 못하고 있는 것.

Q. 지금의 내 능력으로 할 수 없다고 여기는 것 중 하고 싶은 것.

Q. 돈과 시간, 그리고 삶의 에너지가 충분하다면, 하고 싶은 것.

Q. 말도 안 되게 엉뚱한 것 중 하고 싶은 것.

그다음엔 다음과 같이 재분류해보자.

Q. 당장 할 수 있는 것.

Q. 시간이 걸리는 것.

Q. 돈 없이도 할 수 있는 것.

Q. 돈이 필요한 것.

글로 쓰고 나면 내가 진짜로 좋아하는 것이 무엇인지 서서히 명확하게 드러나는 것을 느낄 수 있다. 무엇을 먼저 시작해볼까? 이것저것 재지 말고, 끌리는 것부터 시작해보자.

# 03

## 선택

엉거주춤, 우물쭈물 아무것도 하지 못하는 나에게
무엇이 무서워 시작을 할 수 없는지 물었다.

'실패할까 봐.'

왜 실패할 거라고 생각하는지 물었다.

'한 번도 해본 적이 없어서.'

해본 것, 안다고 믿고 있는 것, 누군가가 '답'이라고 이야기
하는 것이 내 삶을 온전히 이끌 수 있는지 물었다. 아무런
대답을 할 수 없었다.

"모든 것의 시작은 위험하다. 그러나 무엇을 막론하고, 시
작하지 않으면 아무것도 시작되지 않는다"는 니체의 말처
럼 시작은 위험하다. 하지만 넘어질 수 없으면 걸을 수도
뛸 수도 없다.

이제, 선택할 시간이다.
그 자리에 계속 버티고 서 있든지,
한 발을 들어 어딘가로
내밀어보든지 해야 한다.

## 다시
## 심장이 뛰다

'우물쭈물하다가 내 이럴 줄 알았지.' 조
지 버나드 쇼의 묘비명처럼 살 수는 없
다. 나는 절대로 이런 묘비명을 쓰지 않
을 것이다.
심장이 뛰는 대로 마음이 가는 대로 몸이
가는 대로 내 인생을 내버려두겠다.

TEDx삼성에 다녀온 이후로 금요일만 되면 어김없이 그곳이 떠올랐다. 겨울이 지나고 봄이 고개를 들던 3월 6일, 스물여덟 번째 생일을 축하한다는 핑계로 그곳에 다시 갔다. 이번에는 용기를 내어 둥그렇게 모인 한 무리에 들어가서 자리를 잡았다. 사람들은 새로운 사람의 등장이 익숙한지 나를 반갑게 맞아주고 짧은 자기소개도 곁들었다. 그리고 처음 온 내가 이야기에 동참할 수 있도록 그들이 준비하고 있던 세 번째 컨퍼런스에 대해 설명해주었다.

사회자는 참가자들이 자유롭게 마음껏 이야기할 수 있도록 독려했고, 나는 이런 모임이 너무도 오랜만이라 마음이 들떴다. 그때, 어디선가 컨퍼런스의 사회자를 뽑는다는 이야기가 들렸다.

'사회자? 그럼 무대에 올라가는 건가?'

심장소리가 귀에 들릴 만큼 커졌다. 인생에서 가장 뜨거웠던 순간이 기억났다. 하와이에 교환학생으로 갔을 때였다. 연극무대가 좋아 무대 공부를 하기 위해 간 나는 그곳에 있던 모든 오디션에 참여했다. 결과는 늘 보기 좋게 탈락.

그날도 습관처럼 기숙사에서 공연장으로 향했고. 오디션이 열리는 것을 보고 우연히 참석했다. 아마도 스물세 번째 오디션이었던 것 같다. 감독님은 유창하지 않은 엉어 대신 온몸으로 슬랩스틱을 선보이는 나를 어여삐 보더니. "너 진짜 하고 싶구나? 그럼 한번 해야지"라며 무대에 설 수 있는 기회를 주었다.

다른 배우들과 실력 차이가 많이 났기 때문에 리허설이 힘들었지만, 정말 잘 해내고 싶은 마음밖에 없었다. 그리고 무엇보다 즐거웠다. 누가 시키는 사람도 없었지만 새벽 다섯 시에 일어나 발성 연습을 하고. 무대 위를 뛰어다녔다. 그리고 공연 당일. 그날의 나는 이전의 나와는 매우 달랐다. 조명이 꺼졌다 다시 켜졌을 때 나는 무대 위의 배우가 되어 있었다. 나무로 만든 무대의 향기와 사람들의 숨소리. 스포트라이트. 연기가 끝난 후의 적막과 박수소리에 정신이 혼미해질 정도였다.

'그날의 감정을 다시 한 번 느낄 수 있을까?'

나는 앞으로 걸어 나가 아는 사람 한 명 없는 곳에서 비트박스를 시작했다. 그리고 춤을 추듯 손을 좌우로 마구 흔들며 사회자를 하고 싶다고 이야기했다. 사람들은 낯선 나를 호기심 가득한 눈으로 쳐다보았다. 사회자를 맡기 위해서는 그들에게 신뢰감을 주어야 한다는 것을 직감적으로 깨달았다. 그래서 공약으로 일주일 안에 전체 사회의 대본을 만들어 공유하겠다고 했다. 누구든 의견을 더할 수 있고, 적극 반영하겠다는 말도 남겼다.

멀리서 누군가가 '하고 싶으면 해야지'라는 이야기를 하며 박수를 쳤고, 한두 사람이 박수를 더하더니 조금 뒤 나는 사회자가 되었다. 그리고 사람들은 내가 하고 싶은 대로 기획할 수 있도록 권한을 주었다.

입사 후 처음으로 하고 싶은 것에 대한 '욕구'를 밖으로 표현해내고 그것을 이룬 날이었다.

## 봉인 해제

사원들의 자발적인 모임으로 만들어진 TEDx삼성은 No대신 YES와 격려가 있는 곳, '못 하겠다는 말 대신 방법을 함께 찾아보자는 말'이 있는 곳이었다. 다양한 사람들이 모인 이곳은 누군가가 하고 싶은 프로젝트를 발제하면 각자 할 수 있는 방법으로 즐겁게 참여했다.

각 계열사의 사원부터 부장까지 다양한 직급의 사람들이 모였지만, 이곳에서는 그저 서로 의지할 수 있는 동료일 뿐이었다. 나는 이 사람들과 함께라면 무엇이든 할 수 있을 거라는 용기가 생겼다.

그곳에 모인 사람들은 모두 불만 붙이면 바로 타오를 준비가 된 사람들이었다. 나 또한 그랬다. 머리보다 심장의 소리에 반응하여 행동했다. 그런 그들과 함께 세 번째 컨퍼런스 준비를 시작했다. 컨퍼런스를 축제로 만들고 싶었다. 재미없는 회사를 단 하루라도 '재미있는 회사'로 만들고 싶어졌다. 곧바로 파티를 제안했고, 팀이 만들어졌다. 사람들은 나를 판을 만드는 사람이라고 부르기 시작했다.

'파티라면 이래야 해!' 하는 모든 아이디어가 발산되었다. 다양한 배경의 사람들이 모이니 다양한 경험이 더해졌고, 안 될 것 같은 아이디어도 꺼내놓으면 현실이 되었다. 노래와 춤으로 들썩이는 클럽파티를 만들어보자는 결론이 내려졌다. 판이 커졌고 사람들의 눈이 빛났다. 모두들 알 수 없는 흥분감에 휩싸였다.

디제이, 음향감독, 춤꾼, 영상 제작자, 무대감독까지, 필요한 사람들이 신기하게도 하나둘씩 모여 들었다. 그들은 모두 평소 사무실 옆자리에서 볼 수 있는 평범한 사람들이었다. 가장 놀라운 것은 차장 직급의 N이 실력파 디제이라는 사실이었다. 어떻게 개성을 숨기며 회사에서 생활을 하는지 궁금했지만 차차 알아가기로 하고, 일단 파티를 만드는 것에 집중했다.

낮에는 사내 메신저와 메일로 의견을 교환하고, 밤에는 구글 행아웃을 이용해 다자간 통화를 했다. 그리고 주말에는 리허설을 하며 프로그램과 동선을 확인했다. 3주간 함께 준비했는데 누구하나 중간에 나가거나 대충하는 사람이 없이, 필요한 일을 스스로 찾아서 했다. 참 신기하고 감동스러운 모습이었다.

파티를 준비하다 보니 컨퍼런스의 사회도 재미있게 보고 싶어졌다. 프로그램 전달만 하는 딱딱한 사회를 벗어나 이야기를 전달하는 연극 형식으로 만들어보고 싶었다. '회사원 같지 않은 회사원'이 '사회자 같지 않은 사회자'를 하는 것을 콘셉트로 시나리오를 만들었다. 구성된 대본은 공유되었고 사람들은 그것을 파격이라고 불렀다.

컨퍼런스 하루 전, 모이자는 말도 나오지 않았는데 사람들은 휴가를 내고 삼삼오오 모여들었다. 나도 그중 한 사람이었다. 우리는 밤새도록 이름표를 오리고 붙이며, 회사에서 선배가 시켰으면 궁시렁거리며 마지못해 했을 작업을 게임하듯이 즐겁게 했다. 왜 사람들은 이곳에만 오면 시키지도 않았는데 뜨겁게 일하게 될까? 왜 힘든 상황일수록 오히려 즐기게 되는 걸까?

아침이 밝았다. 연수원에 놓여진 'PRIDE IN SAMSUNG' 비석 앞에 한참을 서 있었다. 눈물로 얼룩진 회사생활 중에서 그래도 오늘 하루만큼은 자랑스러운 날로 기억되기를 기도했다. 시간이 다 되어간다. 객석은 가득 찼고, 나는 무대 뒤에서 큐 사인이 떨어지기를 기다리고 있다.

커튼이 걷혔다. 밝은 조명 아래 정장이 아닌 빨간 트레이닝복을 입은 내가 서 있다. 객석의 공기가 내 말과 행동에 따라 움직이는 것이 보였다. 다시 한 번 인생의 주인공이 된 것처럼 짜릿했다. 무대 뒤로 들어가니 동료들이 기다리고 있었다. 동료들은 엄지를 올리고, 등을 토닥이고, 어깨동무를 하며 나에게 최고라고 이야기해주었다. 그리고 곧 있을 파티도 기대가 된다면서 사기를 북돋아주었다.

시간이 흘러 기다리던 '한낮의 댄스파티' 시간이 되었다. 마이크를 잡고 무대로 뛰어나갔다. DJ가 트는 노래의 BPM이 점점 빨라졌고, 사람들은 우리가 설계해놓은 판 위에서 신나게 춤을 추며 그 시간이 즐거워 미치겠다는 표정을 지었다. 엔딩곡이 끝난 뒤, 퇴장하는 사람들은 내게 하이파이브를 하며 또 하자고, 또 놀자고 격앙된 목소리로 말했다.

어떻게 시간이 흘렀는지 모를 정도로, 회사원인 나를 잊고 진짜 내가 되어 놀았다. 꿈이었는지 현실이었는지 구분이 되지 않았다. 꿈이라면 깨고 싶지 않아 눈을 꼭 감았다. 그때 컨퍼런스 사진을 담당하던 Y가 오늘 최고였다고 말하며 하이라이트 사진을 보여주었다.

사진 속에 당당한 내가 서 있다. 정말 오랜만에 보는 모습이다. 그날 밤 나는 이런 내용의 일기를 썼다.

살아 있는 맛.
그간 잊어버리고 있었던 맛.
너무 즐거워져버렸다.
심장이 터져버리는 줄 알았다.

날 행복하게 만든 이유가 뭘까? 그 순간 함께 즐겼던 사람들의 표정이 나와 같았다는 것 아닐까? 한 번 더?

# 마음
## 시동 걸기

더는 생각만 하지 않기.
더는 결과를 재지 않기.
더는 나에게 상처 주지 않기.
더는 나를 몰아세우지 않기.

바보 같은 결정을 한다고 해도 지금보다
더 나빠질 건 없다. 그러니까 해보지도
않고 결과를 두려워하지 말자. 이미 충분
히 상처를 받고 있는데, 나까지 나에게
상처를 주지 말자. 잘 견디고 있다고, 잘
하고 있다고 토닥이며 내가 나를 사랑해
주자.

다시 월요일. 모든 것이 제자리다. 오늘도 어김없이 팀장님은 숨은 그림 찾기의 달인이 되어 품의서에서 오타를 발견할 것이다.

### 3. 2. 1. 액션!

팀장님이 부르는 소리에 즉각 현란하게 반응하는 몸짓. 사무실용 실내화에서 구두로 재빨리 갈아 신고, 펜과 노트를 장착한 후 팀장님 책상 앞으로 순간 이동한다. 평소 같으면 팀장님 앞에 선 순간 "죄송합니다. 다시 해오겠습니다"라는 말이 나와야 하는데, 그날은 웬일인지 "휴가 좀 쓰겠습니다"라는 말이 튀어나왔다. 무슨 일이 있냐는 팀장님의 질문에 죄인의 표정으로 온갖 변명을 늘어놓는 대신 "오늘 날씨가 좋아서 꼭 쓰고 싶습니다. 업무는 다녀와서 처리하겠습니다" 하고 당당하게 이야기했다.

휴가가 생겼다. 어디에서 이런 용기가 나왔는지 믿어지지 않았다. 하지만 위낙 소심한 성격 탓에 갑작스럽게 휴가를 낸 나를 팀장님과 팀원들이 어떻게 생각할지 걱정이 되기 시작했다. 그래도 이내 마음을 고쳐먹었다. 지난주 행사가 끝난 시점부터 고개를 들기 시작한 대범한 내가 마음속에서 말했다. '이왕 이렇게 된 거, 모두가 일하는 평일 낮 시간에 달콤한 자유를 즐기는 편이 낫지 않겠어?'

발이 가는 대로 길을 걸었다. 한적한 삼청동의 카페에서 갓 구운 애플파이와 드립커피를 주문했다. 달콤했고 맛있었다. 길거리는 여유가 있었고 나는 생기가 넘쳤다. 다이어리를 꺼냈다. 그동안 썼던 글들을 천천히 읽어보았다. 그 속에는 회사와 퇴사 사이. 오랫동안 고민해왔지만 방법을 알지 못해 힘들어하는 내가 있었다. 새 하얀 면을 펼쳤다. 그리고 펜을 들어 써내려갔다.

'조금만 재미있어볼까?'

그럼 공부는 어떻게 할 거냐고 마음이 묻는다. 잠시 고민에 빠진 나는 마음에게 대답했다.

'젊음은 짧고 공부는
언제든지 할 수 있으니까.'

다이어리에 'FUN'이라는 영어단어를 가득 채워 넣고 한참을 쳐다보았다. 매직아이처럼 한 문장이 탁 튀어 오른다. '가슴이 뛰는 일이면 무엇이든 고민 없이 시작해본다.' 나는 그 문장을 발견하고는 어린아이처럼 좋아했다.

곧 있을 1차 시험을 망설임 없이 보지 않기로 했다. 매일 가던 독서실에서 책을 챙겨 집으로 가져왔다. 1년 가까이 투자한 시간이 아깝지 않았다. 나에게 여러 개의 자아가 있다면, 아마도 그날 무대 위에서 '미래를 걱정하는 자아'가 '현재를 즐기려는 자아'에게 자기 자리를 빼앗긴 것이 분명했다.

거울을 보았다. 한없이 어릴 것 같았던 내 얼굴에도 작은 주름이 비친다. 찰나의 젊음과 깊은 주름 사이. 다시 오지 않을 젊음을 붙잡기로 한 나를 응원했다.

다시 화요일이다. 모든 것이 제자리다.
변한 것은 없다. 그러나 내가 변했다.

# 부족을
## 만나다

마음속에 잠들었던 아이가 뛰어논다. 호기심을 가두어두었던 빗장이 풀린다. 보이지 않던 것이 보이고 들리지 않던 것이 들린다. 고장 났던 심장이 자신의 기분대로 쿵쾅거리며 마음이 닿는 곳으로 인도했다. 생각을 잠시 접고, 마음의 신호를 따라가 보기로 했다.

태삼 모임이 있는 금요일. 저녁 일곱 시, 회사의 회전문을 빠르게 통과하여 강남 방향 버스정류소로 간다. 오늘은 또 어떤 생각지도 못한 이벤트가 벌어질까? 반차까지 내고 구미와 거제에서 KTX를 타고 올라오는 동료들을 보며 신기하다고 생각했었는데 이제 그들의 마음을 알 것 같다. 연인을 만나러 가는 것처럼 심장이 쿵쾅거린다. 마침 길가에 꽃을 파는 아저씨가 보였다. 설레는 내 마음에게 노란 프리지아를 선물했다.

　　컨퍼런스가 끝난 후, 처음 맞는 금요일인 그날은 하고 싶은 이야기를 자유롭게 나누는 날이었다. 한 명씩 돌아가며 컨퍼런스 준비 중 즐거웠던 순간과 속상했던 순간, 그리고 아쉬웠던 순간까지 조심스러우면서도 자유롭게 꺼내놓았다. 몇몇은 이를 듣고 어떻게 하면 소수의 의견까지도 충족되는 모두의 컨퍼런스가 될지에 대해 고민을 했다.

　　쉬는 시간, 좋지 않은 이야기까지도 숨김없이 꺼낼 수 있고, 함께 해결해보려고 노력하는 이곳의 문화가 너무나도 좋다고 생각하며 음료수 자판기로 향했다. 그리고 우연히 J와 Y의 대화를 듣게 되었다. 그들은 컨퍼런스 연사 중 한 분이 "원한다면 스피치살롱을 해줄 수 있다"고 한 이야기를 나누고 있었다. 슬그머니 둘의 대화에 동참했다.

　　사실 나는 스피치 잘하는 법이 궁금하기도 했지만 연사분과 개인적으로 만나고 싶은 생각이 컸다. 공연기획자로 활동하는 그녀는 외국인들에게 난타만큼 유명한 '드로잉쇼 히어로'와, 매년 여름마다 열리는 '지산 록페스티벌' 등을 기획한 사람이었기 때문이다. 심장이 벌렁거렸다. 덕분에 말이 뇌를 거치지 않고 튀어나갔다. 스피치살롱을 직접 기획해

보고 싶다고 말이다.

일이 벌어지자 아주 자연스럽게, 운명처럼 7년 차 Y와 5년 차 S, 3년 차 나, 1년 차 J가 모였다. 언뜻 보면 회사도 직급도 다른 어색한 조합이었지만, 직급은 없고 언니, 오빠, 동생만 있는 태삼의 문화에서는 이런 조합으로 프로젝트를 만드는 것이 전혀 이상할 것이 없었다. 우리는 노는 것도 일하는 것도 궁합이 잘 맞아 자주 만났고, 자주 만나다 보니 점점 더 일이 커져갔다.

처음에는 아주 가볍게 '1회 차 스피치 살롱'을 만들기로 했다. 회의를 핑계 삼아 SNS에서 핫한 맛집들을 투어하고, 아이디어 고갈을 핑계 삼아 공연과 전시를 보러 다녔다. 이야기가 통하는 부족을 만난 우리는 너무 신나서 헤어질 수가 없었다. 덕분에 한 번 만나면 막차시간을 확인하며 조금 더 이야기하고 갈지 말지 고민하다 결국에는 내 작은 원룸으로 함께 돌아와 까만 밤이 하얀 아침이 될 때까지 회의를 했다.

'재미난 것을 만들고 있어요! 기대해요, 코밍쑨!'

우리는 이렇게 모일 때마다 밤에 취하고 회의에 취해 태삼이 있는 카톡 단체방에 트레이닝복을 입은 사진과 함께 메시지를 남겼다. 시간이 지나자 사람들은 우리를 행동하는 네 명의 여자들, 시스터 액트SISTER ACT라고 부르기 시작했다.

시스터 액트로 불리는 것이 익숙해질 즈음, 우리는 이 이름만으로는 뭔가 부족하다는 것을 느꼈다. 사람들이 시스터 액트를 부를 때마다 자꾸 우피 골드버그가 나오는 영화를 떠올렸기 때문이다. 우리는 머리를 맞대고 심각하게 고민했다. 마음에 드는 해결책이 나올 때까지 모든 회의의 주제가 팀 소개였을 만큼.

결국 우리 중 한 명이 카메론 디아즈, 드류 베리모어, 루시 리우가 나오는 영화 〈미녀 삼총사〉에서 힌트를 얻어 우리 넷 모두 마음에 들어할 멋진 소개를 만들어냈다.

"우주최고미녀 4인방, 시스터 액트입니다."

그런데 이 소개에는 한 가지 작은 부작용이 있었다. 우주최고미녀라는 타이틀을 유지하기 위해, 초청되는 모임에 세 명 이상은 가지 말자는 원칙을 세워야 했던 것이다. 누군가 한 명은 미녀를 맡아야 했기 때문에!

# 액션광장의 시작

스피치살롱을 마무리한 뒤, 긴장이 풀린 우리 4인방은 나란히 화장실로 향했다. 사이좋게 화장실 칸칸이 쏙쏙 들어간 다음, 우리 중 한 명이 외쳤다. "오늘 정말 짱이야! 최고였어!" 또 다른 칸에서 화답했다. "오늘 정말 즐거웠어!" 질세라, 누군가가 물었다. "우리 계속해볼까?" 모든 칸에서 튀어나온 우리들은 합창하듯 외쳤다. "오오! 그럴까?"

그렇게 우리는 도원결의가 아닌, 화장실 결의를 맺었다.

스피치 수업을 왜 열고 싶은지 마음 깊은 곳에 물었다. 우리에게는 아나운서, 성우, 라디오 DJ와 공연기획자를 하는 멋진 분에게 스피치를 배우고 싶고 그분과 친해지고 싶은 것보다 더 절실한 이유가 있었다.

시스터들은 1, 3, 5, 7년 차 직장인의 비극에 시달리고 있었다. 반복되는 일상과 매일 보는 똑같은 얼굴들로 지쳐 있는 우리 영혼에는 새로운 자극이 필요했다. 오랫동안 회사에 있다 밖으로 나가게 되면 할 수 있는 게 없어 치킨이나 튀겨야 한다는 말이 농담이 아니게 되는 현실이 무서웠다. 그래서 지독하게 성장하고 싶었다.

또한 이야기를 꺼내놓고 말도 안 된다고 피식 웃었지만, 재미없는 회사를 재미있게 만들고 싶었다. 우리가 만드는 모임이 회사를 놀이터로 만들 수 있을 거라고 그때는 정말 그렇게 믿었다.

스피치살롱을 위해 시작했던 가벼운 회의는 시간이 지날수록 진지해졌다. 우리는 우리 자신에게 꼭 필요한 것을 스피치살롱에 모두 담아보려고 노력했다. 그래서 반드시 그것을 현실로 옮기고 싶었다.

우리는 열두 개의 새로운 프로그램을 한 달에 하나씩 진행하면 정확히 1년이 걸릴 거라는 과학적이고 치밀한 계산(!) 아래 열두 개의 액션광장을 만들기로 했다. 계획대로 되지 않더라도 뭐라고 할 사람은 없다는 것을 알지만 우리의 의지를 확고히 하기 위해 액션광장 선포식을 진행했다.

안녕하세요.
우주최고미녀 4인방 시스터 액트입니다.
우리는 세 가지 고민을 해결하고 싶어
액션광장을 시작했습니다.

하나. 매일 반복되는 일상
둘. 매일 보는 똑같은 얼굴들
셋. 흐려져가는 꿈

주춤? 뺄쭘? 나중에!
한 번뿐인 내 인생을 위한 뻔뻔한 도전 어때요?
나를 위한 진짜 재미, FUNFUN하게,
Ready ACTION!

'액션광장 12플랜'은 100명이 참여하는 태삼 카톡방과 2,000명이 등록되어 있는 태삼 페이스북 그룹에도 전달되었다. 일이 커진 만큼 '진짜 해내고 말겠다'는 의지가 더욱 불타올랐고, 사람들의 관심에 힘입어 첫 번째 액션광장이 시작되었다.

계획대로 진행될 거라는 예상은 첫 광장인 '스피치 쇼, 난 널 웃기고 말 테야'부터 무너졌다. 강연자와 참여자의 뜻을 모두 담아 기획을 하고 진행했더니 4회 차 수업이 6개월짜리 코스로 늘어났기 때문이다.

이 시간을 통해, 내 마음대로 시작한 것일지라도 모든 과정이 내 마음대로 되지 않는다는 것, 좋아하는 것을 하려면 힘들고 어려운 일을 훨씬 많이 해야 한다는 것을 배웠다. 그리고 무엇보다 모든 어려움에도 불구하고, '하고 싶은 것을 하고 있다는 느낌'이 한 사람을 진정으로 행복하게 만든다는 사실을 깨닫기 시작했다.

# 마음이
# 편해지다

먼저 사랑한 것도 나였고, 프러포즈를 한 것도 나였다. 다음에는 같은 실수를 반복하고 싶지 않았다. 그러므로 사랑이 식은 것이 누구의 문제인지 객관적으로 바라보아야 했다.

가야 할 길을 모른 채로 서둘러 출발하는 것보다 늦게 출발하더라도 길을 제대로 알고 가는 것이 낫다. 지금의 회사를 실험실로 삼아 좋아하는 것과 싫어하는 것, 잘하는 것과 못하는 것을 확실히 짚고 넘어가야 했다.

다음 선택이 최선은 아닐지라도 싫어하는 일, 못하는 일이 산재되어 있는 최악의 선택만은 피하기 위해서.

사실 내 마음속에는 액션광장을 시작한 나만의 이유가 따로 있었다. 그토록 원하던 회사에 입사한 지 5일 만에 그만두고 싶어 했던 나 자신을 시험해보고 싶었다. 앞으로 어떤 일이든 힘들거나 마음에 들지 않으면 쉽게 포기하게 될까 봐 걱정이 되었고, 이 문제를 평생 안고 가게 될까 봐 무서웠다.

　　실험을 하고 싶었다. 좋아서 시작하는 일도 중간에 그만두게 되면 앞으로 갈 곳이 없다는 생각이 들었다. 장거리 달리기가 약하다는 것을 이미 알고 있지만 나누어 뛰어서라도 끝까지 해내는 모습을 나에게 증명해야만 했다.

　　액션광장을 마무리하기 전까지 퇴사할 생각은 하지 않기로 했다. 이직을 하든, 다시 공부를 해서 '사'가 붙은 직업을 갖든, 공무원이 되든, 우선은 힘들게 얻은 것을 그만두는 것이 나의 문제인지 외적 환경 때문인지 확실히 봐두어야 했다. 그리고 문제를 확실히 인식하고 있으면 지금보다 더 쉽게 답을 내릴 수 있다고 믿었다.

　　그 순간, 신기하게도 '퇴사하고 싶어. 그런데 언제 하지?'라는 생각의 족쇄에서 벗어날 수 있었다. 아침에 눈 뜨는 순간부터 지하철에 올라탄 순간, 회사의 회전문을 밀고 들어가는 순간, 자리에 앉는 순간, 컴퓨터를 켜는 순간, 전화를 받는 순간, 퇴근하는 순간, 잠이 드는 순간, 잠을 자고 있는 순간에도 벗어나지 못하던 '퇴사 언제 하지?'라는 질문이 열두 번의 광장이 마무리될 때까지는 더는 고민하지 않아도 되는 것이 되었다.

　　　　아침에 눈을 뜨는 것이 두렵지 않아졌다.

# 마음이 맞는 부족을 찾아서

나는 혼자 하는 여행보다 좋아하는 사람과 함께 하는 여행을 선호한다. 멋진 풍경을 보며 감동을 나눌 수 있고, 맛있는 것을 먹으며 맛있다고 수다를 떨 수 있는 사람이 있으니까 말이다. 여행이 끝난 다음에도 함께 여행한 이와 맥주 한잔을 하며 행복하고, 즐겁고, 힘들고, 감동받았던 순간으로 되돌아갈 수 있다는 장점도 있다.

인생도 마찬가지인 것 같다. 만약 미디어삼성 기자단을, TEDx삼성을, 시스터 액트를 만나지 못했다면, 나는 지금의 모습이 아닐 것이다. 많은 것을 경험하지 못했을 것이고 시작했다 하더라도 혼자서 힘에 부쳐 흐지부지되거나 형편없는 결과를 얻었을 확률이 높다. 무엇보다 일을 진행하며 느낀 희로애락을 공유할 사람이 없어 쓸쓸하고 고독한 여정이 되었을 것이다.

무언가를 시작하고 싶은데 혼자인 것이 두렵다면 함께할 수 있는 '부족'을 만나야 한다. 같은 고민을 가진 사람, 같은 흥미를 가진 사람을 찾아야 한다. 오래전부터 알던 친구들과 함께 팀을 만들 수도 있지만, 가장 좋은 것은 완전히 다른 분야의 처음 만나는 사람들과 함께 팀을 만드는 것이다. 그 사람들과 함께하는 것만으로도 내가 처한 환경이 넓게 확장될 것이다. 무릎을 치게 만드는 아이디어가 튀어나올 것이고, 각자의 장점이 서로의 단점을 보완하며 생각을 현실로 만들어나갈 수 있게 될 것이다.

물론 혼자서도 잘 할 수 있다. 하지만 마음이 맞는 팀은 위기의 순간에 도움을 주고, 생각지도 못한 아이디어를 제공한다. 꿈을 공유하면서 그것을 현실로 만들어나갈 멋진 동료의 존재는 그만큼 중요하다.

Q. 내가 만나고 싶은 부족은 어떤 사람인가?

Q. 회사 안과 밖에서 나와 마음이 맞는 부족을 어떻게 찾을 수 있을까?

동료는 어디에서 찾을 수 있을까? 같은 취미로 활동 중인 동아리에서 찾을 수도 있고, 같은 고민으로 활동 중인 모임이나 단체에서도 찾을 수 있다. 서울시 청년모임 '청년허브', 서울시 청년 공간 '무중력지대' 또는 모임전문서비스 '위즈돔' 등에서도 찾을 수 있다. '액션랩'에도 에너지 충만한 부족들이 언제나 당신을 기다리고 있다.

# 04.

## 경험

하고 싶은 것을 못 하게 되는 것이 무서웠다. 하고 싶은 것이 무엇인지 모른 채 평생을 바람처럼 지나쳐 보낼까 봐 무서웠다. 하고 싶은 것이 무엇인지 알면서도 용기가 나지 않을까 봐 무서웠다.

오늘 하루를 살지 못할까 봐 두려웠다.

# 맨땅에
# 헤딩

무모한 도전인 것을 알고 있었다. 어떤 '멋진' 결과를 바라고 시작한 것도 아니었다. 하지만 순간순간 내가 할 수 있는 최선을 다하고 싶었다. 잘하고 싶은 마음은 앞서는데 그렇게 되지 않아 답답할 때는 이렇게 말하며 나를 다독였다.

"처음부터 잘하면 반칙이다. 좋아하는 걸 꾸준히 하는데, 못하는 것도 반칙이다."

그렇게 하루하루가 쌓여갔다.

광장한 '삽질'이 시작되었다. 모든 것이 처음 해 보는 일이라서 혼자 할 수 있는 것이 하나도 없었다. 굳이 하지 않아도 되는 일을 하며 시간을 보내기도 했고, 요령이 있다면 금방 할 수 있을 간단한 일도 하루 종일 끙끙거리며 처리했다. 그래도 그런 삽질이 싫지 않았다. 하나씩 배워갈수록 성장하는 느낌이 들었기 때문이다.

삽질을 당연하게 여긴 덕분인지 예전보다는 고민하며 주춤거리는 시간이 줄었다. 이제는 '내가 과연 할 수 있을까? 어떤 결과를 가져올까?' 하고 고민만 하다 아무것도 하지 않던 시간을 없애고, 그 시간에 먼저 몸으로 부딪히고 판단하기로 했다.

시간이 없다는 변명을 하며 의지가 약해지는 것을 막기 위해 '하고 싶은 것'이 생기면 그 즉시 데드라인을 정하고 다섯 명의 친구에게 이야기했다. 이 방법은 정말 많은 도움이 되었다. 무료한 삶이 지겨웠던 친구들은 누가 먼저랄 것도 없이 앞에서 끌고 뒤에서 밀어주며 계획한 일들이 잘 마무리될 수 있게 도와주었다.

혼자서 아무리 끙끙대도 해낼 수 없었던 것들에 대해, 겁 내지 않고 사람들에게 물어보는 용기도 생겼다. 그것은 참고서 답안지에 의존하며 누군가에게 물어볼 필요가 없는 삶을 살던 나에게는 정말로 큰 용기였다. 액션광장에서는 무슨 일이든 잘 해내고 싶은 마음이 컸기 때문에 주변사람들에게 "액션광장을 준비 중인데 이러저러한 게 고민이다"라는 이야기를 주저 없이 꺼내기 시작했다. 그런데 신기하게도 사람들과 이야기를 나누다 보면 해결의 실마리가 보였다.

액션광장이 안고 있는 가장 어려운 문제는 프로

그램을 무료로 운영하고 있다는 점이었다. 그럼에도 우리는 좋은 연사를 모시고 싶었는데, 한편으론 과한 욕심을 부리는 것이 아닌지 고민이 되었다. 그런데 정말 신기하게도, 주변 사람들 중에 우리가 모시고 싶은 연사와 인연을 맺고 있는 사람들이 있었다. 우리가 제안을 드린 대부분의 연사들은 액션광장의 취지에 공감하며 흔쾌히 무료로 강연을 해주겠다고 하셨다. 그 흔한 소개 페이지 하나 없던 때에 공연기획자 문일옥 대표님, 루브르 천 번 가본 남자 故 윤운중님, 댄스테라피스트 최정아님이 도와주지 않았더라면 액션광장은 초라한 시작과 더 초라한 끝을 맞이했을 것이다.

나중에 이분들에게 그때 왜 흔쾌히 참여해주셨느냐는 질문을 한 적이 있다. 돌아온 대답은 이거였다. "재미있을 것 같았어. 실제로 기대 이상으로 재미있었는걸." 가끔은 돈보다 재미의 가치가 더 크다!

그때부터 우리는 이렇게 큰 도움을 주신 연사들을 실망시키지 않기 위해 더욱 질 좋은 강연을 기획해야 한다는 의무감에 불타기 시작했다. 다른 강연보다 더 많이, 더 꼼꼼하게 준비하고, 부족한 모습을 보이지 않기 위해, 다른 크고 작은 강연들을 다니면서 좋은 점과 나쁜 점을 하나씩 배워나갔다.

재미있게 놀기 위해서는 100가지 중 99가지를 배워야 했다. 하지만 그런 것들이 더는 두렵지 않았다. '잘 해내고 싶다'라는 강렬한 열망 아래, 돌다리를 부술 정도로 두드리기만 했던 소심하고 걱정 많은 나는 이제 없었다.

"재미있게 놀기 위해서는
100가지 중 99가지를 배워야 했다."

## 작은 성공의
## 경험

네게 기회가 찾아왔다면 인생을 걸고 떠나. 기회란 금세 왔다 사라져. 눈 깜빡할 사이에. 너도 분명 알잖아. 점점 더 선명하게. 계속 가, 네가 옳아. 그동안 쭉 알고 있었지. 가만히 앉아서 생각만 하지 마. 시간 낭비일 뿐. 당당히 맞서고 뒤돌아보지 마. 한번 결정하면 뒤돌아보지 마. 모든 게 무너지더라도 목표를 정했으면 끝까지 가봐야지.

그게 인생인걸.
지금 가지 않으면 절대 못 가니까.
지금 알지 못하면 절대 모르니까.

- 영화〈싱스트리트〉중에서

액션광장이 꾸준히 진행되면서 시스터 액트를 '우주최고미녀'로 그려주는 팬도 생기고, 덕분에 생활의 활기를 찾게 되었다며 고맙다는 편지를 써주는 팬도 생겼다. 주위 사람들은 시스터 액트를 말하는 대로 행동하는 '액션메이커'라 불렀다. 이렇게 주변에서 나를 믿어주는 마음이 커질수록 나 스스로를 믿는 마음도 커져갔다.

대학생 멘토링 프로젝트를 열어 진행할 때의 일이다. 기획회의에서 뻔한 질문들("더 특별한 것 없을까? 더 재미있는 것 없을까?")을 하며 브레인스토밍을 하고 있었다. 내가 대학생으로 돌아간다면? 하지 않아서 아쉬웠던 것 하나가 떠올랐다. '밴드의 보컬이 되고 싶었어. 노래도 만들어보고 싶었고.' 그런데 그 순간 생각회로가 고장 난 덕에 사람들 앞에서 "뮤직비디오를 만들 거야. 대학생들을 위한 노래를 만들겠어!" 하고 선언해버렸다. 개봉일은 2주후 멘토링살롱을 하는 날로 정해졌다.

그날 밤, 실제로 밴드를 하는 지인에게 전화를 걸어 사정을 이야기한 뒤 토요일 아침 그가 있는 거제도로 갔다. 그때 내가 가진 거라곤 거제도로 가는 길에 끄적여본 몇 줄의 가사가 전부였다. 오랜만에 만난 우리는 짜장면, 탕수육에 고량주를 곁들이며 잠자던 예술혼을 흔들어 깨웠다. 밴드 연습실에서 좋아하는 노래를 실컷 부르다 장르를 랩으로 정한 뒤, 비트를 뽑고 곡의 제목을 정했다. '와그라노니.'

제목과 비트가 정해지고 함께 뮤직비디오를 만들 친구들을 모았다. 한 번도 해본 적이 없어도 하고 싶은 마음만 있으면 된다고 했더니, 금세 네 명의 배우와 가수, 두 명의 영상 제작자가 모였다. 나는 가사를 쓰는 일을 맡았는데 도저히 생각이 나지 않아 '내가 다시는 글 쓰는 일을 하나 보자' 하며 일을 벌인 나를 원망하기도 했다. 하지만 눈을 비비고 일어나는 순간에도, 붐비는 출근길에도, 오후의 나른한 회의시간에도, 집으로 돌아오는 퇴근길에도 노래 만드는 일 하나만을 생각하며 그것에 푹 빠져 지냈다.

노래 녹음은 친구 집에 모여서 컴퓨터에 마이크 하나를 꽂아 돌아가면서 부르는 것으로 하고, 뮤직비디오 촬영은 집에서 뒹굴던 카메라를 가지고 동네 놀이터와 혜화동 길거리에서 마음 가는 대로 찍었다. 편집을 해본 사람이 없는 것이 문제였는데, 처음에는 컷마다 들어가는 영상을 한 땀 한 땀 장인정신으로 골라내 붙여보았다. 그러다가 결국에는 마감 하루 전 영상 좀 만져봤다고 하는 친구에게 치킨과 맥주를 들고 찾아가 사정을 해서 완성본을 만들어냈다. 비록 가사와 입모양이 맞지 않는 뮤직비디오였지만 마침내 성공적으로(?!) 상영회를 열었다.

상영회를 하던 날 밤, 나는 2주간 밤을 새며 창작의 고통에 괴로워하던 나를 잊은 채, 페이스북에 뮤직비디오를 1년에 한 편씩 만들겠다는 글을 쓰고 잠이 들었다.

## 들이대 능력치의 향상

대부분의 사람들은 남에게 도움을 요청하지 않는다. 일을 성취하는 사람과, 그런 일을 단지 꿈만 꾸는 사람의 큰 차이는 도움을 요청할 수 있는지 없는지에 있다. 반드시 문을 두드려야 한다.

그리고 그와 동시에 반드시 감수해야 할 것이 있다. 바로 실패의 가능성이다. 깨지고 상처받는 것을 겁내선 안 된다. 실패를 두려워만 해서는 절대로 멀리 나아갈 수 없다.

내가 들을 수 있는 최악의 답은 NO'일 뿐. 나는 그 밖의 모든 대답으로부터 힌트를 얻게 될 것이다.

〈와그라노니〉개봉 이후 사람들은 재미있는 뮤직
비디오를 봤다 하면 다시 한 번 같이 만들어보자면
서 나에게 뽐뿌를 해댔다. 나 또한 함께 뮤직비디오
를 찍을 사람(가령 촬영을 잘 하거나 춤을 잘 추는)
만 보이면 언젠가 같이 작업을 해보자며 새끼손가
락을 걸고 약속을 하곤 했다. 뮤직비디오를 준비할
때 엄청 힘들었던 기억은 이미 지워진 지 오래고 재
미있었던 기억만 남아 있었다. 그리고 이왕이면 잘
찍은 뮤직비디오를 하나 남기고 싶었다.

〈와그라노니〉가 세상에 나온 지 1년쯤 되던 날이
있다. 운명 같은 만남이 찾아왔다. 회사에 앉아 있
기 힘들 때면 종종 '스페이스노아(이곳은 프리랜
서들이 많이 모이는 코워킹 공간이다)'라는 카페
에 가는데, 그날도 그곳에 갔다가 얼굴이 익숙한 한
남자를 발견했다. 평소에 낯을 심하게 가리는 나지
만, 왠지 모를 열정 같은 것이 가슴속에서 뿜어져
나올 때면 나답지 않은 행동을 하게 된다. 나는 그
에게 다가가서 뇌를 거치지 않은 말을 뱉어냈다.

"저기, 혹시 일기예보 가수님 맞으시죠?"

처음 보는 사람이 말을 걸자 가수님은 몸을 사렸
지만 이내 내가 안전한 생명체란 것을 확인하고는
마음이 풀어져 나에게 옆자리를 내어주었다. 그는
바로 일기예보 출신 가수 나들이었다. 그와 만난 지
10분 후 나는 그의 뮤직비디오 감독이 되었다.

가수 나들은 일기예보 활동을 하며 간경화가 악
화되어 10년간 투병을 했고 간 이식 수술을 통해 건
강을 되찾았다. 그 후 처음으로 다시 앨범을 내려던
중이었다. 그는 "혹시 도와드릴 것 없을까요?" 하는

물음에, 적은 예산 탓에 뮤직비디오를 어떻게 만들지 고민하고 있다고 답했다. 기다리던 기회를 만나게 된 나는 그 자리에서 1년간 새끼손가락을 걸며 함께 뮤직비디오를 찍자고 약속했던 두 명의 친구에게 전화를 걸어 드디어 때가 왔다고 이야기했다.

처음에는 가수 나들, 나, 안무가, PD 네 명이서 조촐하게 찍을 생각이었다. 하지만 회의를 하다 보니 점점 일이 커졌다. 우리는 현실적인 문제는 제쳐놓고 갖고 있는 아이디어를 마구 꺼내놓았다. 하지만 누구도 저지하는 사람이 없었고 오히려 어떻게든 해볼 테니 재미있고 멋지게 만들어보자는 데 의견을 모았다. 필요한 사람도 점점 더 늘어나 서른 명 정도가 되었는데, 대부분 직장인이었기 때문에 촬영과 편집에 들이는 시간이 하루를 넘으면 안 된다는 제약이 있었다. 어떻게 하면 효율적으로 할 수 있을까 고민하다가 원테이크 기법(처음부터 끝까지 끊지 않고 찍는 기술)으로 찍기로 결론을 냈다. 우리는 촬영 날 아침부터 해질 무렵까지 아현동 골목의 오르막과 내리막을 미친 듯이 뛰어다녔다. 그리고 결국 내가 가장 이상하게 나온 마지막 컷을 끝으로 촬영을 마쳤다.

있는 끼, 없는 끼 다 발휘하느라 안간힘을 써가며 촬영을 했던 탓에 내 영혼은 아직도 아현동 골목을 떠도는 것 같았다. 하지만 촬영이 끝났다고 해서 끝난 게 아니었다. 지난 번 경험과는 차원이 달랐다. 챙겨야 할 것도 많고 아직 안간힘을 써야 할 것도 많았다. 여전히 모르는 것투성이었던 나는 그것을 메꾸기 위해 발로 뛰어다녔고, 정말 매 순간 미칠 뻔했다.

'힘들어' 미칠 뻔하고,
'재미있어' 미칠 뻔하고,
'감동받아' 미칠 뻔하고.

폭풍 같은 시간들을 되돌아본다. 나에게 있는 것은 오직 '들이대 능력' 하나. 하고 싶다는 마음이 생기면 일단 저지르고, 혼자서 할 수 없다면 같이 할 수 있는 사람들을 모으고, 사람들이 모이면 각자의 능력대로 자기 일을 해나갔다. 그 가운데 내 역할은 함께 모인 이들이 계속 즐거워할 수 있도록 필요한 것들을 조달한 것밖에 없었다. 그런데 어느새 사람들은 나를 '디렉터' 혹은 '프로듀서'라고 부르기 시작했다.

## 이것은
## 마라톤이다

해야 할 것들이 산더미같이 많을 때, 그
것들이 궁극적으로 나를 행복하게 만드
는 것인지 생각해보자.

가끔 한 발짝, 열 발짝 뒤로 물러서서 그
림을 감상하듯 내 모습을 쳐다보는 시간
을 가져야 한다.

지금 내가 원하는 것은 무엇인가?
지금 나에게 필요 없는 것은 무엇인가?
지금 나를 행복하게 하는 것은 무엇인
가?

깨달음을 얻었다면, 이제 굳이 하지 않아
도 되는 것들은 내려놓아도 좋다.

직장인은 쓸 수 있는 시간이 한정적이다. 액션광장을 하면 할수록 잘 하고 싶은 마음이 커져서 거의 고3 수험생처럼(아니, 어쩌면 그 이상으로) 생활했다. 집에 오면 손발을 씻고 노트북부터 켠다. 계속 몰두하다가 기지개를 한 번 켜고 시계를 보면, 벌써 새벽 3시가 되어 있다.

회사 일과 병행하며 쉼 없이 달리다 보니 어느새 에너지가 고갈되었다. 그런데 브레이크가 고장 나서 달리는 것밖에 모르는 자동차처럼 쉬는 것도 잊었다. 주말이면 "오, 나이스!"를 외치며 눈 뜨자마자 노트북을 들고 카페로 향한다.

그날도 빨간 토끼 눈을 하고서 모니터 속으로 빨려 들어갈 것처럼 허리를 숙여 키보드를 두드리고 있었다. 친구가 여기 있을 줄 알았다며 카페로 찾아왔다. 그리고 "그러다 죽어"라는 무서운 말을 하더니 나를 차에 태우고 바닷가로 향했다.

봄이다. 벚꽃이 흐드러지게 피어 있다. 가장 좋아하는 계절이 돌아온 것도 모른 채 살고 있었다. 친구는 마치 내일이 없는 사람처럼 지내는 내가 걱정이 된다며, 건강하지 않으면 아무것도 가질 수 없다고 이야기했다. 고개를 끄덕일 수밖에 없었고, 덕분에 잠시 멈추어 나를 돌아보는 시간을 가질 수 있었다.

이것은 장기 레이스이다. 데드라인Dead Line이 무리하지 않은지, 한번 쉬는 것이 효율성을 높이지 않는지, 무리한 스케줄을 감행하는 나 때문에 동료가 힘들어하진 않는지 따져보자.

가끔은 허술함이 필요하다. 생업이 아닌 일에 들이는 지나친 꼼꼼함은 나와 우리 모두를 피곤하게 한다. 처음부터 잘하지 말고 조금씩 잘하자. 성장하는 것을 느끼자.

영감은 엉뚱한 곳으로부터 찾아온다. 다른 곳에 눈을 돌리자. 그림도 그리고 여행도 가고 음악도 만들고 글도 쓰고 공연도 보고 맛집도 찾아가고 새로운 사람들도 만나며.

시험 치듯 놀지 말고 여유 있게 놀자.
더 많이 즐기자.

# 작은 성공의
# 경험을 해보기

당신은 무엇이든 될 수 있고, 무엇이든 할 수 있다. 지나친 완벽주의로부터 자유로워지고, 다른 사람의 시선으로부터 자유로워진다면 말이다. 어렸을 적 꿈꾸었던 것처럼 소설가가 될 수도 있고, 연극배우가 될 수도 있으며, 비행기 조종사가 될 수도 있다. 말도 안 된다고, 현실성 없는 이야기라고 생각할지도 모르겠다. 하지만 마음 한편에 "정말 할 수 있는 걸까? 어떻게?"라는 질문이 떠오른다면, 한번 도전해보길 바란다.

나의 경우, 완벽주의에 눌리고 지나치게 실패를 두려워하는 마음 때문에 새로운 것을 시도하는 용기를 잘 갖지 못했다. 하지만 변화에 대한 욕망은 넘쳐났기에 그런 나로부터 벗어나기 위해 발버둥 쳤다. 그때 생각해낸 것이 바로 '완벽하지 않아도 될 경우 내가 하고 싶은 것' 리스트를 작성해보는 것이었다. 이 리스트를 채우고 났더니 놀랍게도 나의 고질병이 조금씩 개선되는 것이 느껴졌다. 그 밖에 나에게 큰 도움을 준 것은 '맷 커츠의 30일 동안 새로운 것 도전하기'라는 TED 영상이었다. 강력하게 추천한다.

Q. 완벽하지 않아도 된다면 무엇을 하고 싶은가?

Q. 다른 사람의 시선으로부터 자유로워진다면 무엇을 하고 싶은가?

수많은 실수가 실력을 만든다. 재미있어서 계속했을 뿐이지만 그런 경험이 쌓이고 쌓이면 어느새 그 분야의 전문가가 되어 있을 것이다. 믿어도 된다. 당신에게 필요한 것은 그저 완벽주의와 타인의 평가로부터 자유로워진 마음과 시간이다.

05

이용

사랑도 밸런스가 맞아야지. 너무 주기만 하면 받는 이가 고마운 걸 모르잖아. 그러니까 회사와 나, 우리가 사랑을 해야 한다면 짝사랑이 아닌 '썸'으로 하자. 서로 필요한 것을 밀당하며 주고받는 관계.

딱 그만큼만 하자.

## 반짝반짝 빛나는
## 회사원

회사원이 부러워하는 회사원이 있다.

상사의 기분 나쁜 이야기에도 웃으면서 할 말 다 하는 회사원. 내 업무가 아닌 것이 슬그머니 기어 들어오면 단호하게 거절하는 회사원. 과중한 업무가 스리슬쩍 끼어 들어오면 마감 시기를 조절하는 회사원. 회사와 나를 갑과 을이 아닌, 동등한 입장으로 바라보는 회사원.

나도 이런 회사원이 되고 싶었다.

회사에는 어떤 일이 있어도 자신감 넘치는 사람들이 있다. 회사를 취미로 다니는 부자들, 그리고 이곳이 아니어도 갈 곳이 많은 인재들. 그들은 회사와 자신의 관계를 동등한 입장에서 바라보기 때문에 언제나 생기가 넘친다. 자신의 커리어에 도움이 되는 일을 찾거나 만드는 그들에게 회사는 현재 필요한 파트너일 뿐이다.

언제나 그런 사람들을 부러워만 하던 내게 기적이 일어났다. 어느 순간 나도 회사에서 그들처럼 행동하고 있었던 것이다. 나는 이 모든 것이 액션광장 효과임을 금세 알아차렸다. 액션광장에서의 습관 때문인지, 잘하고 싶고 새로운 것을 만들고 싶어질수록 회사에서 채워야 할 나의 빈칸들이 보이기 시작했다. 그리고 그 빈칸을 채우기 위해 노력했다.

이것은 절대로 책에서 배울 수 없는 실전이었고, 사실은 회사에서 매일 일어나는 일들이었다. 이 사실을 깨달은 순간, 내 삶이 회사에 제물로 바쳐지고 있다는 생각은 더는 들지 않았다. 이제 회사는 가기 싫은 곳이 아니라 돈을 받고 일을 배울 수 있는 곳이 되었다.

액션광장은 회사 밖의 일이었지만, 일로서 사람들에게 인정을 받으니 회사를 바라보는 시선에도 여유가 생겼다. 모든 것이 예전과 달랐다. 이해할 수 없던 것이 이해 가능한 일이 되고, 싫어하던 일이 필요한 일로 바뀌어갔다. 비록 작은 프로젝트였지만 성과를 내야 하는 프로젝트의 리더가 되어 보니 상사의 시선에서 팀이 보였다. 실적을 내기 위해 팀장이 무엇을 하고 있는지가 보였고, 그것을 더 자세히 보려고 노력했다. 상명하복식의 커뮤니케이션은 여전히 마음에 들지 않았지만, 그것조차 도움이 되었다. 팀의 리더로서 하지 말아야 할 것 리스트가 생겼기 때문이다.

다이어리를 꺼내 다음과 같이 메모했다.

회사 : 돈을 받고 일을 배우는 곳.
제대로 이용하자.

# 회사 사람
## 이용하기

내가 보낸 시간들이 모여 내가 된다.
내가 짓는 표정들이 모여 내가 된다.
내가 만난 사람들이 모여 내가 된다.

회사를 제대로 이용하기 위한 첫걸음은 사람에서 시작되었다. 업무상 부딪히는 사람들, 즉 각 분야의 전문가인 사람들에게 액션 광장에 도움이 될 만한 것들을 하나씩 부탁해보았다. 물론 자투리 시간을 이용하여, 작은 일부터 말이다.

그런데 의외였다. 사람들은 내가 물어보는 것을 좋아했고 더 많은 이야기를 나누길 원했다. 분명 '일의 영역'이고 그들에겐 새로울 것도 없었을 텐데 일이라 여기지 않고 놀이라고 생각했다. 그들은 업무 이야기를 할 때에는 볼 수 없었던 신나는 표정을 지었고, 때로는 먼저 찾아와서 좋은 정보를 나눠주었다.

각 분야의 전문가에게 새로운 이야기를 듣는 것은 그 자체로 즐거운 일이었다. 나는 그들의 의견을 적극적으로 수용했다. 그리고 조언을 통해 만들어진 결과물을 바로바로 공유했다. 그러자 사람들은 오랜만에 진짜 일을 하는 느낌이라고 말했다.

시간이 지나자 구체적인 설명 없이도 내가 물어보면 즉시 대답을 해주는 이른바 '초 단위 컨설팅시스템'이 구축되었다. 가령, 카피라이터를 엘리베이터에서 마주치면 바로 액션광장 홍보문구 한 줄을 들려준다. 그러면 카피라이터는 바로 반응을 하는데, 입 꼬리가 올라가면서 손으로 턱을 만지는 행동은 좋다는 신호, 그럴 듯해 보인다는 대답은 '나라면 쓰지 않겠다'는 신호이다. 그가 가장 좋아했던 문구는 '우주최고미녀'였는데, 사람들은 내가 미녀인 게 재미있나 보다.

디자인팀에는 매일 출근하듯 들렀다. 액션광장 포스터를 만들고 있었는데, 공 들인 시간에게 미안할 정도로 만질수록 이상해지기에 디자이너에게 찾아갔다. 디자이너는 한번 쓱 보더니 배치에 참고하라며 가지고 있던 포스터를 예시로 보여주고, 이 색보다는 저 색이 잘 어울린다면서 색도 지정해주었다.

이 세상에 파란색은 하나밖에 없는 줄 알았던 내 앞에 코발트블루니 프루시안블루니 울트라마린이니 하는 총 천연색의 향연이 펼쳐졌다. 디자이너가 선택하는 것마다 진심으로 마음에 들어 감탄사를 연발했더니, 디자이너는 신이 나서 더 많은 것을 알려주었다.

회사에서 배운 것들이 실전에 적용되면서 액션광장과 나는 점점 더 단단해져갔다. 재미있는 일도 있었다. 나에게 조언을 주는 사람들이, 좋아하는 것을 하고 있는 내가 오히려 부럽다고 말한 것이다.

좋아하는 것을 찾는다는 것, 그것을 생각으로만 흘려보내지 않고 직접해본다는 것은 모두가 원하지만 모두가 할 수는 없는 것인가 보다.

# 회사 정책
## 이용하기

아는 사람만 찾아 활용한다는 회사 정책.
꼭꼭 숨어 있는 회사의 보물을 찾아라!

다양한 부서의 사람들을 만나면서 회사에 대해 많은 정보를 알게 되었다. 주변 맛집 정보부터 어느 부서가 없어진다, 어떤 라인에 서야 한다, 올해 말에 구조조정이 있다 등등 정치적인 가십까지. 나는 그중에서도 회사의 정책을 이용하는 것에 관심이 많았다. 회사 정책의 대부분은 회사 규칙에 나와 있었다.

회사에서 전문인재로 인정받을 수 있는 '자격증 리스트'부터 회사에서 보내주는 '지역전문가 코스'와 '해외대학' 지원 자격, 그리고 아플 때 쉴 수 있는 '병가' 요건과 출산 후 남자도 쉴 수 있는 '남직원 육아휴직'까지. 사실 대부분의 혜택들은 조건이 까다롭기 때문에 사규에 있다고 해서 모든 직원이 편하게 언제든지 이용할 수 있는 것은 아니다. 하지만 일단 정보를 알아두면 필요한 순간에 적절하게 사용할 수 있기 때문에 모르고 있는 것보다는 알고 있는 편이 훨씬 나을 것이다.

해외의 지역전문가나 해외대학 지원에도 관심이 있었지만 일찌감치 마음을 접었다. 다녀온 다음에도 오랫동안 회사를 다닐, 회사에 충성도가 높은 사람들만 보낸다는 정보를 들어서이다.

대신 소소하고 쏠쏠한 정책을 찾아서 이용했다. 매월 팀 비용으로 책정되어 있지만 사용하는 사람이 적은 '도서 구매 비용'으로 읽고 싶은 책들을 주문했다. 그리고 업무와 관련 있는 워크숍을 찾아 회사 비용으로 참석했는데 업무에 도움이 되는 것도 좋았지만, 평일 낮에 회사가 아닌 다른 장소에 있다는 이유만으로도 휴가를 쓴 것 같은 기분이 들어 특히 좋았다.

## 죽이는 시간
## 없애기

상사가 퇴근하지 않는다고 그대로 앉아서 시간을 죽이는 일은 하지 않겠다. 회사에서 괜히 딴짓을 하며 시간을 죽이지 않겠다.

회사를 다니기 때문에 할 수 없는 일이 적어졌다. 회사 밖에서 만나는 사람들이 나를 프리랜서로 생각하기 시작했다. 어쩌다 삼성 직원이라는 것을 들킬 때면(?) 그들은 나를 제일기획을 다니는 광고기획자 정도로 알아서 생각했다.

액션광장 프로젝트를 위한 약속은 되도록 점심시간에 회사 근처로 잡았다. 어쩔 수 없이 멀리 떨어져 있는 곳에서 만나야 하면 택시를 타고 갔다. 이동시간 20분, 회의시간 20분, 다시 이동시간 20분이어도 움직였다. 덕분에 짧은 시간 동안 알차게 회의하는 기술이 생겼다. 어떤 이야기를 나눌지 모두가 정확히 알고 있었고, 할 이야기가 확실하면 많은 시간이 필요하지 않았다.

할 일이 없어도 상사가 남아 있기 때문에 앉아 있는 일은 하지 않기로 했다. 어차피 야근 해야 하니 천천히 일을 하며 시간을 죽이는 일도 하지 않기로 했다. 야근 일수가 많을수록 일 잘하는 직원으로 보인다면, 차라리 일을 못하는 직원이 되기로 했다. 꼭 해야 할 일만 하고 하지 않아도 되는 일은 정리해나갔다.

회사에서 매일 하는 쳇바퀴 같은 일은 시간을 최대한 단축하기 위해 프로세스를 만들고, 생각을 줄이고 기계적으로 했다. 그렇게 업무시간 중 남는 시간이 생기면 윗선에 보고되는 기획서의 구조를 뜯어보거나, 타부서 사람들을 만나 진행하는 일에 대한 이야기를 들었다. 회사에서 듣고 보는 모든 것이 도움이 된다고 생각하니, '이걸 왜 하지?' 하는 의문을 가졌을 때보다 배우는 속도가 빨라졌다.

퇴사 후 자기가 원하던 일을 바로 시작하고 성공한 사람들에게는 공통점이 있다. 회사 밖의 시간과

회사 안의 시간을 모두 자신의 시간으로 만들었다는
것. 말 없기로 유명했던 한 선배가 나에게 해준 이야
기가 기억난다. 아마도 나를 자신과 비슷한 종족이
라 생각해서 조언을 해주었던 것 같은데, 나는 그의
말을 한참 후에야 무릎을 치며 이해하게 되었다.

　선배는, 회사에서는 자리에 앉아서 무엇을 하든
워드나 엑셀, 파워포인트를 만들어내기만 하면 일
을 열심히 하는 것처럼 보인다고 했다. 그리고 회
사에서는 보이는 것이 중요하다고 했다(이 말을 할
때는 한 단어 한 단어에 힘을 주었다). 아침부터 퇴
근할 때까지 항상 열심히 일을 하는 것처럼 보였던
그 선배는, 회사를 다니며 자신의 식당을 오픈했고
식당이 잘 되자 미련 없이 회사를 떠났다.

회사에서 죽이는 시간을 줄인 만큼
나의 시간이 늘어간다.

## 회사 타이틀
## 이용하기

꿈을 꿨다. 소리를 지르며 일어났다. 악몽이었다. 온몸이 식은땀으로 젖어 있었다. 꿈에서 두 글자를 발견했는데 감당하기 힘든 단어였다.

### '무직'

나를 대신 설명해주는 회사의 명함이 고마운 아침이다.

내가 바라는 삶을 이미 살고 있는 사람을 만나기 위해 부단히 노력했다. '꼬박꼬박 월급을 받는 직장인이 되면 행복하겠지?'라는 얕은 추측으로 회사에 들어왔고, 그 처참한 결과를 몸과 마음으로 체험하고 있기에, 더는 같은 실수를 하고 싶지 않았다. 직접 보고 듣고 경험한 다음에 판단하고 싶었다.

그 사람이 유명한지 유명하지 않은지는 중요하지 않았다. 생활방식과 그만의 콘텐츠가 내 심장을 두드리면 그게 누구든 '만나고 싶은 사람' 리스트에 이름을 적었다. 대부분 SNS를 하고 있었기 때문에 그들과 닿는 것이 어렵지 않았다.

처음 보는 상대에게 나를 소개하는 가장 쉬운 방법은, 내가 어느 회사에서 어떤 일을 하고 있는지 말하는 것이다. 물론 회사의 타이틀을 보고 나를 만나준 것은 아닐 것이다. 내가 어떤 생각을 하는 사람이며, 그들로부터 어떤 영감을 받고 싶은지에 대해 진정성 있게 설명하는 것을 보고 호기심에 차 나를 만나줬을 것이다. 하지만 내가 정말로 무직이었다면 자신감 있게 나를 소개하지 못했을지도 모른다. '아무것도 없지만 무언가를 가지고 있다' 포스는 고도의 스킬이기 때문이다.

그렇게 많은 사람들을 만났다. 그리고 마침내 내가 살고 싶은 삶을 찾았다. 나는 자신만의 콘텐츠를 가진 사람들의 삶이 부러웠고, 그렇게 되고 싶었다. 그들은 시간과 공간으로부터 자유로웠고 콘텐츠의 나이테가 두터워질수록 그 분야의 전문가로 인정받았다. 공무원 공부, 혹은 전문직 공부를 위해 필요한 5년의 시간을 내가 좋아하고 잘하고 싶은 콘텐츠에 쏟는다면 내 인생이 어떻게 변할까?

승산이 있어 보였다.

5년의 시간 동안 나는
어떻게 변할까?

# 좋아하는 일을
## 회사의 일로

하고 싶은 걸 했더니 회사가 필요로 하는
사람이 되어버리는 아이러니.

바야흐로 대놓고 뽐내야 살아남는 시대이다. 이것은 회사 밖에서 살아남기 위해서도 꼭 필요한 덕목이다. 회사는 아이러니하다. 실제로는 시스템에 꼭 맞는 부품 인간, 튀지 않는 회색 인간을 좋아하지만, 가끔, 그러니까 늘 하던 일이 아닌 일을 할 때에는 창의적인 사람, 특별한 사람을 원한다. 회사에서 보내는 시간이 길어질수록 특별한 사람으로 남기 힘들어지기 때문에(특별하지만 특별함을 숨기고 있는 사람도 많고, 특별했지만 회사에 순응하느라 평범해진 사람도 많아서) 조금만 튀어도 회사는 필요한 순간에 그 사람을 찾게 된다.

TEDx삼성 3차 컨퍼런스의 성공적인 한낮의 파티 이후, 함께했던 크루들과 계속해서 파티를 기획했다. 우리는 술과 담배 없이 춤과 음악만으로 흥이 넘치는 축제를 성공적으로 만들었다는 사실에 자신감을 얻었고, 파티를 만드는 과정이 파티의 순간만큼 즐거웠다. 무엇보다 평범한 회사원도 마음껏 즐길 수 있는 파티를 만들고 싶었다. 파티에 참석하는 누구나 자신이 소중한 사람이며, 충분히 대접받을 만한 사람이라는 것을 스스로 느낄 수 있는 분위기를 제공하고 싶었다.

상상을 현실로 만들기 위해서는 아주 멋진 공간이 필요했고, 그와 어울리는 장소를 몇 군데 골라 배짱 좋게 기획서부터 보냈다. 그런데 정말 신기하게도 남산타워가 보이고 야외수영장이 있는 한 호텔에서 우리의 취지가 마음에 든다며 라운지를 무료로 빌려주겠다는 연락이 왔다. 금요일 저녁 황금시간에 말이다. 파티 준비는 너무 쉽게 아무 탈 없이 진행되었다.

드디어 기다리던 파티 당일 아침. 파티 초대 메일

이 돌고 돌아 회사의 사내메일까지 빠르게 침투하여 점심시간에는 옆자리의 동료부터 다른 팀의 전무님까지 파티 계획을 알게 되었다. 회사에서 알게 되면 '하라는 일은 안 하고 놀 궁리만 한다'는 핀잔을 들을까 봐 조심했는데, 결국 나를 포함한 모든 파티기획자들의 정체가 회사에 알려지고 말았다. 아무 문제가 아니었던 것도 일단 수면 위로 드러나면 커다란 문제처럼 보일 때가 있다. 회사의 이미지 메이킹을 책임지는 담당자에게는 우리의 파티가 문제를 일으킬 수 있는 요소로 보였을 것이다.

하지만 파티는 당일 취소가 불가능했고, 취소하고 싶은 생각도 없었기 때문에 예정대로 진행되었다. 덕분에 파티 뒤편에서 진귀한 풍경이 펼쳐졌다. 그룹 이미지 메이킹 담당자들이 일터에 오듯 파티에 참석해서 몸을 움직일 수밖에 없는 흥겨운 음악 속에 이러지도 저러지도 못 하고 있었다. 다행히 파티는 별일 없이 끝났고(긴장이 풀린 J가 넘어져 팔꿈치가 찢어진 것 말고는), 담당자들도 안도의 한숨을 내쉬며 집으로 돌아갔다.

하지만 그 뒤로도 파티는 계속되었다. 회사 몰래 여는 파티는 더 짜릿했다. 우리는 두 달에 한 번 이태원 클럽을 점령하듯 파티를 열었다. 그런데 슬슬 재미없어질 때가 되자 이번엔 회사에서 연락이 왔다. "너희가 그렇게 잘 논다며? 그럼 회사에서도 한번 만들어볼래?" 전 계열사 직원을 대상으로 열리는 창의인재개발 워크숍 기획팀에서 파티를 열어달라는 제안을 해왔다. 준비와 진행을 위해 공식적인 휴가도 준다고 하기에 바로 수락했다(절대 거절을 못 한 것은 아니다!).

기분이 묘했다. 1년 전 파티의 감시자 역할을 하

던 사람들이 바로 지금 우리가 기획한 파티를 즐기고 있다는 것과, 하고 싶은 걸 계속했을 뿐인데, 회사의 부름을 받는 사람이 되었다는 것 때문이었다.

# 회사에서 배우고 나와야 하는 것

언젠가 회사를 나와 '나만의 일'을 꿈꾸는 당신이라면, 지금 있는 회사에서 많은 것을 배우고 나오기를 바란다. '지긋지긋한 이곳에서 뭘 배우라는 거야?' 같은 생각이 들 수도 있다. 하지만 월급을 제때 줄 수 있는 회사라면, 배울 점이 분명히 존재한다.

어떻게 일을 받아오는지(영업), 어떻게 돈을 받고 파는지(마케팅, 홍보), 어떤 사람을 어떻게 뽑는지(인사), 제품을 어떻게 패키징하는지(브랜딩, 디자인) 등을 배울 수 있다. 하다못해 '나는 상사가 되면 저 사람처럼은 하지 말아야지' 같은 것을 배울 수도 있다.

어쩌면 당신은 회사에 대해 '아무도 일을 제대로 하지 않잖아!' 하고 생각할 수도 있고, '이따위 경험이 도움이 된다고?' 하고 생각할 수도 있다. 그러나 대표가 되어 회사를 운영하게 된다면, 그토록 사소하게 보였던 일들도 유익한 경험으로 남게 될 가능성이 크다. 어깨 너머로 많은 것을 보고 듣고 배우자. 그것은 돈 주고도 배울 수 없는 것들이다.

회사에서 뭐든 배우려는 노력을 하다 보면, 어느 순간 회사가 재미있어질 수도 있고, 회사에서 인정받는 인재가 될 수도 있다. 무엇보다 이러한 경험은 언젠가 당신의 때가 왔을 때 당신에게 적재적소에서 자유롭게 쓸 수 있는 도구가 되어줄 것이다.

# 06

## 복병

묶여 있으면 묶여 있을수록

더 묶이게 되고

풀려 있으면 풀려 있을수록

더 풀리게 된다.


냉정하게 생각해보자.

회사가 나를 묶은 것인지

나 스스로 나를 묶은 것인지.

## 시발
## 주말출근

아침에 출근해보니 자리에 샌드위치가 하나 놓여 있다. 점심에는 제육덮밥이 배달되고 저녁에는 피자가 배달된다. 닭장의 닭처럼 모이를 먹고 알만 낳으라는 것 같다. 영양은 풍부한데 사랑이 부족한 사육 식단 덕분에 살만 찌고 난폭해진다.

시간이 지나자 사육에 길들여진다. 주는 대로 먹고 생각 없이 일하게 된다. 삶의 맛이 없어진다. 뛰노는 소가 맛있는 이유를 이제야 알 것 같다.

봄이 가고 겨울이 왔다. 회사에서 마감이 임박한 프로젝트에 인력이 부족하여 몇 명이 긴급으로 파견 근무를 나가야 한다는 지령이 떨어졌다. 안타깝게도 파견자 리스트에는 내 이름이 적혀 있었다. 선택받은 자의 한숨과 선택을 피한 자의 안도감이 사무실 공기를 무겁게 했다. 이미 결정된 사안이라 돌이킬 수 없었다. 전쟁터의 병사가 작전에 따라 죽음을 무릅쓰고 총알이 빗발치는 작전에 뛰어들어야 하는 것처럼. 프로젝트도 마찬가지였다. 한 개인이 어떤 것을 원하고 원치 않는다는 의견은. 프로젝트라는 전쟁 중에는 치다볼 필요도 없는 사치로 여겨졌다. 정해지면 정해진 대로 따라야 하는 것이 룰이었다.

한 시간 빠른 출근과 새벽 퇴근, 주말 출근이 시작되었다. 한 달이면 끝날 거라던 프로젝트는 4개월째 끝날 기미가 보이지 않았다. 이제 조금만 더 하면 되겠지 하고 생각하면 숨어 있던 일이 뛰어나오고, 이제 진짜 끝났다 생각하면 잘 되던 것이 안 되어 일하는 사람들을 우울하게 만들었다. 사람들은 지쳐갔고, 그 속에 있는 나도 피폐해져 갔다.

회사생활의 오아시스였던 액션광장도 할 수 없을뿐더러. 개인적인 시간도 전혀 만들 수 없었다. 퇴근 후에는 택시를 타고 최대한 빨리 집으로 갔다. 그리고 조금이라도 더 잘 수 있어서 다행이라고 생각하며 잠이 들었다. 휴식이 부족하니 극도로 예민해져갔다. 사소한 것에도 공격적으로 반응하는 사람들이 늘어갔고, 나도 마찬가지였다. 불쑥 치미는 울화를 가라앉히기 위해 하늘에 소리라도 질러야 했다.

회식을 빙자한 자리에서 '프로젝트 기간이 더 늘었다'는 소식을 들었을 때는 소리를 지를 힘도, 반박할 힘도 남아 있지 않았다. 발길이 닿는 대로 터벅터벅 걸었다. 정신을 차려보니 한강다리 위였다. 다리 위에 새겨진 문구들이 눈에 보였다.

"자신감을 잃지 말고, 실패를 두려워하지 말고, 꿈을 향해 거침없이, 나는 할 수 있다. 꼭 해내고 말테다. 그대도 파이팅!"

살고 싶다.
　　　살아 있는 것처럼.

# 길들여진
## 야근

프로젝트가 끝났다. 달력을 보니 5월이다. 지난 7개월의 기억이 안개에 젖은 것처럼 뿌옇다가 사라지면서 감정의 알맹이만 남았다. 매일 18시간 19시간을 한자리에 앉아, 까만 스트레스에 짓눌려 혼자서 화를 내는 것도 지쳐 뇌의 일부를 삭제한 시간들.

다시는 만나고 싶지 않다.

예전 사무실로 돌아왔다. 너무 밝아서 내가 있을 곳이 아닌 듯 어색했다. 저녁 여섯 시, 일이 없으면 퇴근하라는 팀장님의 목소리가 들렸다. 엉거주춤 일어나 엘리베이터를 타고 회전문을 통과했다.

　할 일이 생각나질 않았다. 곧장 집으로 가 침대 위에 누웠다. 영화 〈쇼생크 탈출〉의 브룩스가 떠올랐다. 교도소에서 50년간 세월을 보낸 뒤 가석방된 그는 사회에 나와 자살을 했다. 아마 그도 무엇을 해야 할지, 무엇을 할 수 있을지 생각이 나질 않았나 보다.

　다음 날은 정시에 퇴근하지 못했다. 회사에서 죽이는 시간을 보내지 않겠다고 다짐했던 나는 어느새 주인의 말을 잘 듣는 강아지처럼 변해 있었다. 그사이 야근에 길들여져 퇴근을 일찍 하는 것이 이상하게 느껴졌고, 모두가 사무실에서 나갈 때까지 이곳을 지키고 있어야 할 것만 같았다.

　남아 있는 사람들과 함께 저녁을 먹고, 잡담을 조금 나누다가 굳이 지금 하지 않아도 되는 일을 꺼내 들었다. 슬프지 않았다. 오히려 담담했다. 이렇게 진짜 회사원이 되어 월급을 꼬박꼬박 받으면서 사는 것도 그런 대로 괜찮게 느껴졌다.

우주최고미녀 3인방이 회사로 찾아왔다. 프로젝트가 끝났는데도 연락이 없어 걱정이 되었다며 나의 팔을 끌고 밖으로 나갔다. 시스터들은 우리가 자주 가던 이태원의 레스토랑으로 나를 데려가서 눈을 가리더니 무언가를 주섬주섬 꺼낸다. 장막이 벗겨졌다. 액션광장을 하면서 적었던 회의록과 액션광장을 기록한 사진들이 눈앞에 있었다. 시스터들이 작은 카드를 내밀었다.

"아직 끝나지 않았다."

이제까지 다른 이들의 성장을 위해 강연 기획을 했지만, 이번에는 우리 자신을 위해 다음 액션광장을 준비하기로 했다. 우리는 서로가 서로의 꿈을 응원해주는 모임을 만들기로 했다. 프로젝트 이름은 〈파수꾼〉이라고 지었다. '경계하여 지키는 일을 하는 사람. 어떤 일을 할 때 한눈을 팔지 아니하고 성실하게 하는 사람'이라는 정의가 마음에 와 닿았다. 우리는 우리의 모임에 맞게 의미를 덧붙였다.

파수꾼: 꿈을 이뤄가는 과정이
힘들고 외롭더라도 한눈팔지 않고
꾸준하고 성실하게 실천할 수 있도록,
평가하거나 비난하거나 무시하지 않고,
묵묵히 들어주고 조언해주고
지지해주는 모임

우리는 경청하는 이들 사이에서 꿈을 응원받으며, 꿈을 이루기 위한 계획을 1개월, 3개월, 6개월 단위로 구체적으로 세워 공표했다. 한 달에 한 번씩 모여 각자 진행사항을 공유했고, 풀리지 않던 문제에 대해 실질적인 조언을 받기도 했다. 서로 다른 분야의 사람들이 모인 덕분에 가능한 일이었다.

꿈을 지켜봐주는 파수꾼 덕분에 회사에 가려져 보이지 않던 나의 모습을 조금씩 되찾았고, 약속했던 열두 개의 액션광장을 마무리할 수 있었다.

다행이다.

# 손을 놓는
## 용기

파울로 코엘료의 소설 《흐르는 강물처
럼》에는 이런 글이 있다. 미래에 골몰하
느라 현재를 소홀히 여기다가는 결국 현
재는 물론 미래도 놓쳐버린다는.
코엘료는 이렇게 말한다. 그렇게 살았다
가는 영원히 죽지 않을 듯 살다가 살아보
지도 못한 것처럼 죽어간다고.

그동안 진행했던 액션광장 프로젝트는 다음과
같다.

〈경험을 통해 배우는 액션광장 프로젝트〉

1. 스피치 쇼! 난 널 웃기고 말 테야

2. 루브르 천 번 가본 남자의 명화 읽기

3. STRESS LESS 힐링테라피

4. 너도나도 도슨트, 박물관 옆 미술관

5. 재활용 노트 만들기

6. 나도 달린다. 말아톤

7. 캘리와 한글날

8. 뮤직비디오 프로젝트1 〈와그라노니〉

9. 뮤직비디오 프로젝트2 〈FUNNY LOVE〉

10. 진짜 산타 프로젝트

11. 클럽 즐기기 프로젝트 〈LET's Enjoy a Fiesta〉

12. 파수꾼 프로젝트 〈꿈이 뭐니〉

13. 시청 놀이지도 만들기 프로젝트

14. 뮤직비디오 프로젝트3 〈HAPPY〉

액션광장 프로젝트가 끝났다. 사람들은 나를 TED 컨퍼런스 기획자로, 사회자로, 강연기획자로, 축제기획자로, 파티플래너로, 대학생활 컨설턴트로, 뮤직비디오 감독으로 기억하고 그렇게 부르기 시작했다.

좋아서 시작한 일인데 하다 보니 잘하게 되었고, 잘하면 잘할수록 그 일을 사랑하게 되었다. 이제는 사랑하는 일만 하고 싶어졌다. 하나를 얻기 위해 하나를 놓는 용기가 필요한 시점이 되었다.

DO WHAT YOU LOVE.
LOVE WHAT YOU DO.

# 아빠의 전화

무엇이 삶의 정답인지 아는 사람은 없을 것이다. 그렇기 때문에 조금은 하고 싶은 것을 시도하며 살아봐도 되지 않을까? 출근길과 퇴근길, 회사의 회전문을 통과하며 끊임없이 던졌던 질문이 다시 떠오른다. 심장이 쿵쾅거리며 말한다. '모험을 하려면 지금이 가장 좋은 때가 아닐까?

결정의 순간, 소심한 마음 탓에 불안감에 휩싸이려 할 때 전화가 걸려왔다. 익숙한 목소리다.

"아빠는 부자 딸보다 웃는 딸이 좋다. 좋아하는 걸 찾았으면 하면서 살아."

참았던 눈물이 왈칵 쏟아졌다.

회사생활이 지옥 같았던 1년 차, 무엇을 어떻게 해야 회사에서 탈출할 수 있을지 몰라 방황하던 2년 차에는 부모님이 퇴사를 반대했었다. 얼마나 어렵게 들어갔는지 알기에, 이보다 더 나은 직장을 구하는 것은 밤하늘의 별을 따는 것보다 어렵다는 것을 알기에, 부모님은 나를 설득하려고 애썼다.

힘든 것은 곧 지나간다.
사는 것은 다 똑같다.
너도 살아보면 알게 될 거다.
평범하게 사는 것이 가장 좋다.

부모님은 내가 평범한 회사원이 되길 바랐지만, 한편으로는 자신들이 부자 부모가 아닌 것을 미안해하고 속상해했다. 하지만 첫해에도 두 번째 해에도 내 문제로 버거웠던 나는 그런 부모님의 표정을 읽지 못했다. 세 번째 해가 되었을 때 나보다 먼저 철이 든 동생이 이야기를 꺼내기 전까지는.

"언니 표정이 어두우면 엄마, 아빠가 더 마음 아파해."

동생의 말에 갑자기 정신이 번뜩 들었다. 그래서 그 뒤로는 부모님께 힘든 모습을 보이지 않으려고 애썼다. 힘들어도 그렇지 않은 척, 즐거운 척, 잘 살고 있는 척했다.

몰랐다. 공부할 때의 마음과 회사를 다니면서의 마음, 퇴사를 준비하면서의 마음, 그리고 프로젝트를 진행할 때의 마음을 솔직하게 적어놓은 블로그 글을 부모님이 꾸준히 읽고 계셨다는 사실을. 그렇게 소리 없이 지켜보다가 몇 번이나 전화기를 들었다 놓았다 했을 아빠의 모습이 눈에 훤히 보였다. 딸에게 그런 이야기를 하기까지 부모님으로서는 큰 용기가 필요했을 것이다. 자신도 모르는 길을 자식에게 걸어가라고 말할 수 있는 용기와 그 길을 묵묵히 지켜봐야 하는 용기 말이다.

전화기 뒤로 익숙한 목소리가 들려온다.

가진 것이 많진 않았지만, 모든 것을 가진 기분이 들었다.

# 회사에 길들여진 나에게서 벗어나다

"시간이 있으면 삶이 즐거울 텐데." 우리는 모두 '시간이 없어서' 증후군에 시달리고 있는 게 아닐까? 일이 많아 야근을 하는 경우도 있지만, 회사에 길들여져서, 그렇게 해야만 할 것 같아서, 습관성 야근과 주말 출근을 하고 있지는 않은지 점검해보자.

## 일중독 테스트

1. 밤에 잘 때 내일 회사에서 할 일을 생각한다. □

2. 업무에 대해 직장과 집의 구분이 없다. 어느 곳이든 회사이다. □

3. 남들보다 일찍 출근하는 것이 즐겁다. □

4. 점심시간까지 아껴가며 일에 몰두한다. □

5. 개인적인 스케줄을 회사의 스케줄에 맞춘다. □

6. 일에 방해되는 연애는 하고 싶지 않다. □

7. 주말에도 언제나 회사 일을 한다. □

8. 휴식을 할 때에도 어떻게 하면 직무를 더 잘 수행할지 고민한다. □

9. 일을 생각하면 즐겁고 에너지가 넘친다. □

**10.** 열심히 일하지 않으면 뒤처질까 봐 불안하다. ☐

위의 항목 중 4개 이상을 선택했다면 당신은 일중독일 가능성이 높다. 그리고 한국의 직장인이라면 대부분 4개 이상의 항목에 체크했을 것이다. OECD 국가 중연간 노동시간 1위인 나라이니까 말이다.

우리는 오랫동안 직장에 다니면서 제때 진급을 하려면 야근과 주말 출근이 기본옵션이라는 것을 잘 안다. 하지만 일주일 중 아주 잠깐의 시간을 나에게 선물하는 것까지 사치라고 말하지는 말자. 단 한 시간만이라도 나를 위해 '누가 뭐라 해도 꼭하고 싶은 것'을 해보자. 그런 시간을 위해, 업무시간에 딴짓하다가 야근을 밥 먹듯 하던 습관을 고쳐보는 건 어떨까? 업무시간에 업무를 마치고 당당하게 정시퇴근한 뒤 자신을 챙겨보자. 그 밖에 생각 없이 TV를 보며 죽였던 시간, 퇴근 후에도회사 걱정하느라 버린 시간 등등을 다시 살리고 주워서 쓸 수 있다.

어렵게 시간을 냈는데, 다시 그 시간을 '해야만 하는 일'에 쓰는 경우가 많다. 이를방지하기 위해 아주 구체적으로 무엇을 하고 싶은지 정해놓으면 도움이 된다. 그리고 그 내용을 눈에 띄는 곳에 붙여놓고 수시로 읽어보자.


나는 _____ 의 시간에 _____ 을 할 것이다.


여유가 있을 때, 우리는 더 많은 것을 볼 수 있고, 할 수 있다.

# 07

## 현실

자신만의 길을 걸어간 사람은 어떤 모습일까?《젊은 시인에게 보내는 편지》에서 릴케는 이렇게 이야기한다.

"예술가가 된다는 것은 시간으로 셀 수도 알 수도 없는 일이며, 나무처럼 성숙해진다는 것을 말합니다. 나무는 수액을 재촉하지 않고, 봄날의 폭풍 속에도 여름이 오지 않을 거라는 일말의 두려움 없이 굳건하게 제자리에 서 있습니다. 여름은 옵니다. 영원히 다가오지 않을 먼 곳에 여름이 있는 듯하지만, 언젠가는 올 거라고 믿으며 기다리는 자에게, 여름은 옵니다."

이 글에서 '예술가'를 '나다운 삶을 개척하는 자'라고 바꾸어 읽어보았다. 봄날의 폭풍 속에도 안심하고 서서, 그 폭풍 뒤에 여름이 오지 않을 수도 있다는 불안감 없이, 여름을 기다리는 내가 되고 싶었다.

## 생활비 실험

내 것이 아닌 것을 가지려고 할 때 너무나 많은 애를 쓰게 된다. 그만큼 가치가 있는지 객관적인 눈으로 한 번, 주관적인 눈으로 한 번 평가해볼 필요가 있다.

회사를 다닌다. 월급이 들어온다. 월급을 받으면 좋다. 갖고 싶은 것을 가질 수 있고, 먹고 싶은 것을 먹을 수 있고, 가고 싶은 곳을 갈 수 있다. 그런데 월급을 받으려면, 갖고 싶은 것을 가져도 가지고 놀 시간이 없고, 먹고 싶은 것을 먹고 싶은 시간에 먹고 싶은 사람과 먹을 수 없고, 가고 싶은 곳을 원하는 시간만큼 갈 수 없고, 무엇보다 하고 싶은 것을 가장 활동적인 낮 시간에 할 수가 없다. 세계 공통의 불가사의다.

액션광장이 마무리되어가고 나 자신과 약속한 시간이 다가오고 있다. '현실적인 눈'으로 '이상적인 생활'이 가능한지 확인이 필요한 때이다. 결국에는 돈이다. 지속적으로 들어오던 월급 없이도 생활이 되느냐, 된다면 기간이 어느 정도가 되느냐 하는 생계의 문제로 질문이 귀결되있다. 다행히 회사에 들어온 직후부터 퇴사의 조짐을 예견했기 때문에 월급을 열심히 모아두긴 했다.

물론 '시발비용(스트레스를 받지 않았으면 쓰지 않았을 비용을 뜻하는 신조어)'을 막기는 쉽지 않았다. 야근이 잦을수록 '힘들게 돈 버는데 이 정도는 나한테 써줘야지' 하며 고민 없이 카드를 내밀기도 했다. 피곤하다는 이유로 택시를 탔고, 기분이 좋지 않다는 이유로 몇 번 쓰지도 않을 물건을 샀고, 월급날이라는 이유로 고가의 물건을 고민 없이 지르기도 했다. 이러한 소비패턴으로는 가루가 될 때까지 회사에 다녀야 할 것 같아 보였다.

지금 모아둔 돈으로 실제로 얼마나 하고 싶은 것을 하며 살 수 있을까? 견디는 것이 아니라 만족하며 사는 것이 중요한 포인트였다. 삶의 만족도가 떨어지면 결국 하려고 했던 것을 제대로 해보지도 못

하고 쫓기듯 다시 원점으로, 아니 마이너스로 푹 꺼질 것 같았다.

소비패턴을 관찰한 뒤 필요 없는 소비를 삭제해 나가기 시작했다. 소비가 정리되자 한 달 동안의 생활비로 세 달 이상을 지낼 수 있었다. 소비가 줄면 행복하지 않을 거라고 생각했는데 예상외로 건강도 되찾았다. 외식을 줄이고 시장에서 채소와 고기를 사와 직접 밥을 해먹고, 짧은 거리는 걸어 다녔기 때문이다. 돈을 꼭 써야 하는 곳에만 쓰는 것이 습관이 되니 내 인생을 실험해볼 수 있는 기간이 정확히 보였다. 나는 발이 땅에 붙은 이상주의자이기 때문에 이 정도면 충분할 것 같았다.

돈은, 중요하긴 하지만, 이제 더는 인생의 1순위가 아니었다. 지금 받는 월급을 포기하기엔 내 기준에 월급이 정말 많았지만 하나를 잡고 싶을 때는 다른 하나를 놓아야 한다는 것을 알고 있었다. 지금까지 연습한 대로, 영혼이 이끄는 대로 사는 시간을 흠뻑 가질 것이다. 한 번 사는 인생에 후회가 없도록.

회사에 이야기를 할 날이 다가온다.
"그 월급 이제 거둬주세요."

## 월세 제로
## 프로젝트

꿈에는 자석이 있다. 원하고 바라는 것은
끌리듯 내게 올 것이다. 원하고 바라는
곳으로 끌리듯 내가 갈 것이다.

믿든 믿지 않든 모두 '나의 선택' 이라면,
나는 믿기로 했다.

"퇴사 준비 완료!"라고 외치고 싶었지만 한 가지 걸리는 문제가 있었다. 서울의 월세 공포였다. 운이 좋게도 나의 작은 스윗 원룸은 멋진 집주인을 만나 5년째 전세금이 한 번도 오르지 않았다. 그런데 회사를 그만두려고 하니, 걱정 많은 성격이 고개를 내밀어 소심한 나를 깨운다.

'혹시나 갑자기 전세에서 월세로 바뀌면 어떡할래? 그런데 하필이면 그 사건이 회사를 그만두는 날 일어나는 거야. 어때, 무섭지?'

정말 무서웠다. 해결책을 찾아야만 했다. 1인 가구인 데다, 사회초년생도 아니어서 행복주택에 들어갈 수도 없고, 부모님 집은 이미 원천봉쇄되어 있었다. '얹혀살지 말 것'이 부모님이 내건 퇴사조건 중 하나였기 때문이다(후에 부모님께 이유를 물어보니 몸이 편하면 마음이 풀어지기 때문이라고 하셨다). 만약 집이 월세로 바뀌면 실험기간이 대폭 수정되기 때문에 해결책을 찾아야만 했다.

문제의 해결책은 의외의 곳에서 튀어나왔다. 공유 경제에 관심이 생겨 참석한 세미나에서 여러 명이 함께 살면서 공용 공간은 나눠 쓰는 '셰어하우스'에 대해 알게 된 것이다. 곧바로 관심 있는 친구들과 팀을 만들어 주말마다 지역을 탐색하고, 부동산을 찾아다녔다. 타깃은 오랫동안 비어 있는 집이었는데, 한번은 집이 너무 보고 싶어서 목말을 타고 담 위로 고개를 내밀어 보다가 굴러 떨어진 적도 있었다. 얼마 뒤에 원하는 집을 얻으려면 로또에라도 당첨되어야 할 것 같다는 결론이 내려져 팀이 해체되었지만 여전히 관심은 사라지지 않았다.

마침 국내에 셰어하우스 바람이 불었고, 수소문한 끝에 열 명의 사업가를 만났다. 그중의 한 명은 나와 동갑내기로 열 개의 셰어하우스와 세 개의 파티하우스를 가지고 있는 K였다. K의 카페가 회사와 가깝다는 핑계로 자주 찾아갔다. 손님이 많을 때는 커피 내리는 것을 도와주고, 손님이 없을 때는 그녀가 운영하는 부동산을 함께 정찰 다니면서, 우리는 친해졌다.

여름의 끝자락인 8월의 어느 날 밤, 후암동 주택가를 걸어 다니며 집을 함께 보러 다닐 때였다. 너무 더워서 근처의 맥주 집으로 들어갔다. 그곳에는 지나간 유행가가 나오고 있었다. 오랫동안 궁금했던 질문을 K에게 했다. 셰어하우스를 어떻게 시작하게 되었는지, 부모님이 부자인지, 이런 질문이었다. 의외의 이야기가 들려왔다. 아나운서가 되고 싶어 서울로 상경했지만 계속 시험에 떨어져 오랫동안 좌절했었다는 이야기, 생활을 위해 어쩔 수 없이 부동산 회사에 들어가 일을 하면서 월세를 아끼기 위해 셰어하우스를 시작했다는 이야기, 그리고 그것이 지금 하는 사업의 시작이 되었다는 이야기였다.

맥주잔이 비워지고 채워지길 수차례, K의 이야기 사이에 내 이야기가 들어갔다. 이야기의 끝에는 월세에 대한 공포로 퇴사, 아니 새로운 시작이 늦어지고 있다는 고민을 토로했다.

며칠 뒤, K는 선물이 있다며 만나자고 했다. K는 자신이 가지고 있는 것보다 훨씬 좋은 매물을 찾았다면서, 이것으로 셰어하우스를 시작해보라고 했다. 그리고 그녀가 가진 사업 노하우도 숨김없이 알려주었다. 내가 가진 적은 돈으로도 가능한 방법이었다. 부동산 계약가, 셀프 인테리어, 필요한 물건

구입까지, 모든 과정을 K가 옆에서 꼼꼼히 알려준 덕분에, 나는 800만 원으로 강남에서 셰어하우스를 시작하게 되었다.

셰어하우스 오픈일 저녁, 할 일을 모두 끝내고 한숨을 돌리고 있을 때 K는 슈퍼에서 맥주 두 캔을 사와 나에게 하나를 내밀며 이야기했다. "나는 꿈에서 멀어졌지만, 너는 가까이 갔으면 좋겠어. 시간이 오래 걸려도, 힘들어도 포기하지 말고 계속 걸어가 봐. 응원할게."

## 졸업앨범

서른, 서른, 서른.

30년 인생의 1할만 내게 선물로 준다면,
누구의 눈치도 보지 않고, 하고 나면 내
가 즐겁고 뿌듯할 일들을 오롯이 해볼 수
있다면.

지금 받는 월급이, 경제활동을 하고 있다
는 안도감이, 어떤 집단에 속해 있다는
소속감이 분명 아쉽기도 할 테지만 계속
월급쟁이를 해도 불안한 건 마찬가지잖
아?

언젠가는 꼭 지나칠 일이야. 남은 팔십
평생 잘 살기 위해 예방접종이 필요해.

점심시간만이라도 나만의 시간을 가지고 싶었다. 쭈그러든 영혼의 풍선에 공기를 넣어야 했다. 그래서 찾게 된 나만의 공간에서는 혼자 있을 수 있었고, 사색할 수 있었고, 끝없이 고독할 수 있었다.

마음이 답답할 땐 남산타워로 뛰어 올라가 소리를 질렀고, 회현시범아파트의 계단에 걸터앉아 일기를 썼다. 여름에는 청계천에서 거리악사의 음악을 들었고, 겨울에는 시립미술관 도서관에서 책을 읽었다.

숨이 턱턱 막힐 땐 덕수궁으로 뛰어가 건물 기둥에 기대 서서 나무향기를 맡으며 마음을 진정시켰고, 지독히 외로울 땐 정동 전망대에서 따뜻한 커피를 홀짝거렸으며, 이유 없이 눈물이 쏟아져 나올 땐 명동성당 제일 뒷자리에서 무릎을 꿇고 기도를 드렸다. 내가 나답게 웃을 수 있는 아지트도 생겼다. 남대문 시장의 카메라 상점과 스페이스노아가 그곳이다.

회사를 떠난 후 다시 이 장소들을 찾았을 때, 이곳의 추억이 고독, 슬픔, 외로움으로 기억되는 것이 아닌 내가 사랑하는 사람과 함께 만든 즐거움으로 기억되길 원했다. 친구들에게 편지를 썼다.

항상 나를
응원해주는
사랑하는 친구들에게

이제 시간이 된 것 같아. 늘 이야기하던 회사를 떠날 시간 말이야. 어떤 것에도 흔들리지 않을 만큼 마음도 확실히 정했어. 요즘은 5년간의 회사 여정에 어떻게 마침표를 찍을까 고민 중이야. '퇴사'란 단어에서 느껴지는 중압감을 떨쳐내기 위한 하나의 장치일지도 몰라.

이런 상상도 해봤어. 퇴사하는 날, 회사 로비에는 빨간 카펫이 깔려 있고 그 옆에서 밴드가 신나는 노래를 연주해. 그리고 나는 보안문을 사원증 없이 뜀틀 하듯 뛰어나와 빨간 카펫 위를 텀블링하고, 노래에 맞춰 엉덩이춤을 추며 퇴장하는 거야. 마치 연극의 피날레처럼. 아마 현실에서는 힘들겠지? 마침 로비의 보안관이 배탈이 나서 화장실에 오래 머무르는 바람에 가능해진다 하더라도 말이야. 만약 정말 하게 된다면 유튜브 조회수 100만을 찍을 정도의 요란한 이슈가 될 거야.

언젠가 이야기한 적이 있을 거야. 회사 근처만 오면 숨이 쉬어지지 않아 애를 먹은 이야기, 회사 안에서 답답해 미칠 것 같을 때 밖으로 뛰어 나가 울었던 이야기 말이야. 회사와 나의 인연이 끝난 후에는 내가 슬픔을 숨겼던 곳이 더는 슬프지 않은 곳이 되었으면 좋겠어. 회사 근처에 오더라도 숲속을 산책하는 것처럼 마음이 편했으면 좋겠어.

그래서 말이야, 회사생활을 하며 자주 가던 곳에서 회사의 마침표가 될 졸업앨범을 찍고 싶어. 아주 즐겁고, 신나고, 아름답게 말이야.

우리, 졸업앨범 찍자.

한겨울에 졸업앨범을 찍기 위해 거리로 나온 우리는 추위를 잊었다. 아이처럼 웃었고, 뛰어다녔고, 춤을 췄다. 그렇게 나온 사진 한 장 한 장에 퇴사를 앞둔 한 인간의 독백을 채워갔다.

"세상을 보고 무수한 장애물을 넘어
벽을 허물고 더 가까이 다가가
서로를 알아가고 느끼는 것,
그것이 바로 우리가 살아가는
인생LIFE의 목적이다."

_영화 〈월터의 상상은 현실이 된다〉 속
〈LIFE〉 잡지사의 사훈

# 시발비용 줄이기

회사를 다니면서 우리는 '시발비용'을 참 많이 쓴다. '퇴사할 것을 대비하여 돈을 최대한 모아두어야 한다'는 건 잘 알지만, 막상 감정이 휘몰아치면 칼처럼 카드를 잡고 마구 휘두르게 된다. '회사에서 그렇게 굴렸는데 내가 이런 것도 못 사겠어?' 하는 심정으로. 하지만 그러고 나면 한 달 뒤 어김없이 후회가 급습한다. 카드 명세서에게 자비란 없다.

현실적인 관점에서 소비패턴을 분석해보는 것이 필요하다. 나의 지갑이 가치 있는 것에는 잘 열리지 않으면서, 별로 소중하지 않은 것에는 마구 열리고 있는 것은 아닌지 냉정하게 점검해보자. 시발비용을 걷어내고, 꼭 필요한 소비항목을 적어 한 달에 필요한 생활비를 눈으로 확인해보자. 그러면 총알을 얼마나 모아야 하는지, 그 총알로 얼마큼의 기간 동안 하고 싶은 것을 마음껏 하며 지낼 수 있는지 분명하게 알 수 있다.

나는 _____ 동안을 실험기간으로 삼을 것이며, 여기에는 ₩_____만큼의 실험비용이 필요하다.

총알을 모으기 위해 무조건 팍팍하게 살라는 것은 아니다. 순간의 행복을 위해 작지만 소중한 사치를 해보는 것은 좋다. 예를 들면 퇴근길의 심야영화, 친구와의 맥주 한잔 같은 것 말이다.

# 08

## 굿바이

아름다움은
눈에 보이지 않는 것까지
신경 쓰는 세심함에서 비롯된다.


인생의 아름다움도
작은 디테일을
세심하게 바라보는 것에서 시작된다.


무엇이 좋은지
어떻게 하면 더 좋은지
무엇이 싫은지
괴로워 망가지기 전에
빠져 나와야 하는 때가 언제인지.


인생을 내버려두지 말자.


나의 인생이다.

# 퇴사
## D-Day

오늘이 오면 말하고 싶었다. 영화 〈빅 피쉬〉의 주인공 에드워드 블룸처럼. 그는 한 번 들어가면 누구도 떠나지 않는 마을에서 떠나기로 했다. 사람들은 모든 사람이 원하는 곳을 왜 떠나려 하는지 도무지 모르겠다며 고개를 갸우뚱거렸다. 그가 떠나려고 하자 그들은 밖은 아프고 힘들 거라고, 이보다 더 좋은 곳을 찾지 못할 거라고 말하며 그를 말렸다. 하지만 그는 떠났다. 아무것도 기대하지 않는다는 말을 남긴 채.

아무것도 기대하지 않는다. 나는 다만 내 인생을 어디에서 끝내야 할지 결정하지 못했다.

이제 떠나야 할 시간이다.

퇴사는 생각보다 간단했다. 퇴사하겠다는 이야기를 팀장에게 전하고 세 번의 미팅이 있었다. 퇴사 사유를 물었고, 계속 다니는 것이 좋지 않겠느냐는 회유가 있었고, 업무 인수인계를 잘 해달라는 부탁이 있었다.

종이 한 장이 놓여 있다. 5년을 준비했는데 사직서를 적고 제출하는 데 걸린 시간은 딱 5분이었다. 퇴사 사유를 솔직하게 적어야 할지, 그들이 원하는 보통의 사유를 적어야 할지 고민하지 않았다면 1분도 채 걸리지 않았을 것이다.

결국, '일신상의 이유'라고 적고 진짜 이유는 마음속의 괄호를 열어 나만 간직하기로 했다.

**나를 담기에 회사가 너무 작아서.**

언제든지 떠날 거라는 생각에 회사에 많은 짐을 두지 않았던 것이 큰 도움이 되었다. 홀가분하게 날듯이 회전문을 나오고 싶었기 때문이다. 책상 서랍에는 회사 업무용 다이어리 하나와 까만 볼펜, 빨간 볼펜이 전부였다. 볼펜은 회사 비품에 다시 넣어두고, 다이어리는 한 장씩 뜯어 문서 파쇄기에 집어넣었다.

신입사원 때, 문서를 파쇄하는 것도 공부라며 기계에 넣기 전에 한 번 읽어보고 궁금한 것이 있으면 물어보라고 했던 선배가 떠올라서 피식 웃음이 났다. 지나고 나니 좋은 추억이다. 자리로 돌아와 회사에서 인연이 스쳤던 이들에게 메일을 썼다.

회사는 좋은 곳이고, 원했던 곳이고, 다시 돌아오기 어려운 곳임을 알고 있습니다. 매달 받는 급여의 달콤함도 너무나 잘 알고 있습니다. '지옥'이라고 불리는 밖에서 힘든 것보다는, '전쟁터'에서 힘든 것이 더 낫다는 사실도 물론 알고 있습니다.

하지만 하고 싶은 것을 못 하게 되는 것이 더 무서웠습니다. 하고 싶은 것이 무엇인지 모르고 평생이 바람처럼 지나갈까 봐 무서웠습니다. 하고 싶은 것이 무엇인지 알면서도 용기가 나지 않을까 봐 무서웠습니다.

'Seize the day.'
오늘 하루를 살지 못할까 봐 두려웠습니다.

앞으로 어떤 일이 벌어질지 저는 모릅니다. 다만 문을 열고 차에 시동을 켜고 운전을 하다 보면, 액셀을 밟고 핸들을 돌려 멀리 멀리 운전을 하다 보면, 이곳에 머물러 있을 땐 절대 상상할 수 없고 볼 수 없는, 책으로 TV로 사람들의 이야기로 들어서는 감히 안다고 말할 수 없는, 숨 막히는 광경과 감동스러운 순간을 경험할 수 있을 거라 믿기에 오늘 저는 떠납니다.

그동안 감사했습니다.

이슬기 드림

27층부터 20층까지 돌아다니며 좋아하는 이부터 미워하는 이까지. 모든 이들에게 인사를 건넸다. 그리고 축하와 부러움과 걱정이 묻어 있는 인사를 받았다. 정각 다섯 시. 마지막 퇴근시간이 됐다. 초고속 엘리베이터를 타고 1층에 도착했다. 보안문을 지나 회전문으로 걸어 나왔다. 파란 배지를 떼어내니 파란 하늘이 더 파랗게 보였다.

만감이 교차하던 그 순간. 미리 나와 있던 친구두 녀석이 '꽃길만 걷자'는 메모가 적힌 꽃다발을 내밀더니 손을 붙잡고 어디론가 나를 이끌었다. 도착한 곳에는 나의 회사생활에 든든한 버팀목이 되어준 태삼 친구들이 모여 있었다.

함께 건배사를 외쳤다.

"행복하게 사는 것이 내 인생에 대한
책임이자 의무이다!"

# 나는 너를
## 믿는다

당신이 사는 서양에서는 가장 높이 올라
가는 사람을 존경하지요? 여기서는 제일
많이 버리는 사람을 존경해요.

―영화〈티벳에서의 7년〉중에서

출근과 퇴근이 없으니 24시간이 오롯이 내 것이 되었다. 가장 그리웠던 것은 잠이었다. 그래서 제일 먼저 자고 싶은 만큼 원 없이 잤다. 눈을 뜨면 몸을 감싸 안는 폭신한 이불과 한몸이 되어 침대 위를 뒹굴뒹굴했다. 보고 싶은 영화와 만화책도 실컷 봤다. 배가 고프면 일어나 시장으로 갔다. 시간이 많았고, 서두를 필요가 없어서 먹는 시간보다 장을 보거나 요리를 하는 시간이 길어졌다. TV에서 다른 사람이 먹는 것을 보며 침을 삼키며 궁금해하곤 했었는데 그 TV 속 요리가 내 식탁 위에 차려졌다. 해가 지면 서울 생활의 로망이었던 한강 라이딩을 즐겼고, 친구들이 부르면 망설임 없이 한달음에 달려갔다. 나무늘보가 부럽지 않은 삶이었다.

그렇게 3개월이 지났다. 쉬는 것이 슬슬 지루해졌고, 너무 갑작스러워서 까무러치게 놀랄 만큼의 불안감이 엄습해왔다. 나는 이것을 퇴사증후군이라고 불렀다. 날이 갈수록 바닥으로 패대기쳐지는 기분이 고스란히 느껴졌다.

문제는 소속감이었다. 살면서 지금까지 단 한 번도 소속이 없었던 적이 없었다. 어느 학교의 학생이었고, 어느 학원의 재수생이었고, 어느 회사의 사원이었다. 아무 데도 소속되지 않은 것 자체가 생경했고, 불안했다. 처음 만나는 사람 앞에서 자기소개를 할 때 특히 곤욕스러웠는데, "놀고 있어요"라고 당당하게 말하는 데는 굉장한 양의 자존감이 필요했다.

그러던 중 아주 우연히 '출판사 대표' 타이틀을 달게 되었다. 퇴사 후 어떻게 지내냐는 친구들의 잦은 물음에 일일이, 그것도 성실히 답하는 것이 피곤해져 그 내용을 담아 퇴직보고서를 써서 전자책으로 출간했다. 그러는 과정에서 출판사를 하나 만들게 되었다. 《퇴직보고서》는 출간한 지 일주일 만에 알랭드 보통 오빠, 한비야 언니와 어깨를 나란히 하더니 2주째 되던 날 에세이 분야 2위를 할 만큼 불티나게 잘 팔렸다. 하지만 마음속 불안은 계속되었다. 잠이 오지 않는 밤이 시작되었고, 이유를 알 수 없어 괴로웠다.

오랜만에 인생 멘토 운중으로부터 연락이 왔다. 그는 내 얼굴을 보자마자 미소를 짓더니 일침을 날렸다. 지금 하고 있는 것들이 회사만 그만두면 해버릴 거라는 바로 그것들인지 묻는다. 할 말이 없었다. 그는 지금 하고 있는 것이 무엇이냐고 다시 한 번 물었는데, 그 질문에 나는 얼버무리며 셰어하우스를 하고 있다고 했다. 그는 그것이 진짜 하고 싶은 일인지, 해야 해서 하고 있는 일인지 물었다. 그리고 후자라면 그만두는 것이 낫겠다고 조언했다. 그곳에 쓰는 에너지를 정말 하고 싶었던 것에 모두 쏟지 않으면 나중에 후회할 거라고, 나중에도 할 수 있는 것은 나중에 해도 된다고, 삶의 시간은 생각보다 길지 않다고 말이다.

그날이 우리의 마지막 대화였다. 얼마 뒤 그는 홀연히 이 세상을 떠났다.

# 마음대로 살아 봐
## 티켓

위험을 수반하지 않는 모험은 없다.
삶의 보물을 찾아 떠나자.

마음의 고향 하와이로 떠났다. 하와이는 8년 전 그대로였고, 나는 그때만큼이나 이곳이 편하고 아늑했다. '걱정하는 일은 대부분 일어나지 않는다.' 제발 멈추길 바라던 머릿속 잡념들은 하와이의 거대한 자연 앞에서 숨을 죽였다. 드넓은 바다 앞에 홀로 앉아 내가 누구인지, 어떻게 살고 싶은지, 무엇을 할 때 행복한지 작은 노트에 적으면서 시간을 보내고 있을 때, 아빠에게 전화가 왔다.

최근에 겪은 감정변화를 공유하며 수시로 변하는 마음을 어떻게 다스려야 할지 아빠에게 조언을 구했다. 아빠는 내가 '마음대로 살아 봐' 티켓을 사 놓고 제대로 쓰지 못하고 있음을 안타까워했다. 그리고 너무 먼 미래의 결과를 계산하지 말고, 지금 이 시간에 진정 하고 싶은 것을 적어도 하나쯤은 꼭 해보라고 했다.

아빠는 다시 현실세계로 돌아간다 해도 후회가 남지 않도록 말도 안 되게 멋진 꿈을 그려보라고 내 마음을 부추겼다. 전화를 끊은 다음 "이 시간에 무엇을 해야 '마음대로 살아 봐' 티켓을 가장 값지게 쓰는 것일까?" 하고 고민했다. 그리고 보물을 찾듯 지난 10년간 적어놓은 일기를 천천히 읽어보았다.

2013년 12월 29일의 일기

많이 다투기도 삐치기도 했지만, 아빠와 함께 떠난 배낭여행
이 요즘 따라 더 그립다. 시간 따윈 안중에도 없는 느릿느릿
한 인도의 기차 안에서, 불이 들어오지 않는 히말라야 언저리
게스트하우스의 촛불 밑에서 서로의 인생관에 대해, 지나간
첫사랑에 대해, 삶과 죽음에 대해 끝도 없이 이야기한 시간
들. 델리의 소똥을 밟으며 마신 따뜻한 짜이 한 잔, 설사병에
걸려 아빠가 망보는 동안 몰래 볼일을 보던 순간, 히말라야에
서 아슬아슬하게 눈사태를 피했던 그날의 시간들이 모두 너
무 그립다.

아빠와의 여행은 그 순간보다 다녀온 후의 곱씹음이 더 좋
았다. 회사를 다니면서 아빠와 함께한 여행의 기록을 제대로
정리하지 못한 것이 늘 아쉬움으로 남는다.

아빠와 또다시 여행을 갈 수 있을까? 그땐, 우리 둘의 여
행을 책에 담아 아빠에게 선물하고 싶다.

책 제목은 '댄싱 위드 파파.'

'마음대로 살아 봐' 티켓을
제대로 쓰고 싶은 곳이 생겼다.
나는 곧바로 아빠에게 전화를 걸었다.
"아빠, 우리 여행 가자."

# 여행 작가
## 아빠와 딸

감히 할 수 없을 거라 생각했던 것이,
어느 날 평생 하고 싶은 꿈으로 다가왔다.

- 인생이란, 아이러니

나는 살면서 단 한 번도 글을 잘 쓴다는 얘기를 들어본 적이 없다. 아니, 오히려 그 반대였다. 평소에 책이라면 만화책을 빼고는 단 한 장도 넘기지 못하는 아이였다. 그런 내가 여행 작가를 꿈꾸는 것은 우주선 없이 달나라를 여행하겠다고 말하는 것과 같은 것이었다. 그래도 해보고 싶었다.

'여행 작가가 되기 위한 7가지 방법.'

여행을 좋아하기 시작한 스무 살 무렵부터 책상 앞에 붙여놓은 메모지가 나를 유혹했다. 지금이 아니면 언제하겠냐는 생각도 들었다.

우선 내가 할 수 있는 일부터 찾아보았다. 이미 출판 경험이 있던 친구들을 찾아다니며 방법을 구하고, 출판사의 문을 두드릴 기획서를 준비했다. 글쓰기는 자신 없었지만 회사에서 기른 기획력과 시장 트렌트를 읽는 눈만큼은 자신 있었다. 아빠와 딸이 함께 여행한 이야기는 아직 책으로 나온 적이 없었고, TV에서는 한참 아빠와 딸의 관계개선 프로그램 〈아빠를 부탁해〉가 인기였다.

출판사가 좋아할 만한 기획서 위에 '정말 하고 싶다'는 마음을 더해 50여 곳에 투고 메일을 보냈다. 그리고 2주 뒤 놀랍게도 다섯 곳에서 연락이 왔고, 그중 한 곳과 써놓은 원고도 없이 간절함만으로 여행 전에 계약을 마쳤다.

여행을 떠나기 전 해야 할 일이 한 가지 더 남아 있었다. 셰어하우스 정리였다. 매달 월급이 나오는 회사를 포기하는 것만큼 망설여지는 일이었지만, 나를 아끼는 사람이 해준 조언을 믿고 따르기로 했다. 그렇게 마음을 먹자 주변에 셰어하우스를 대신 운영할 친구가 생겼다. 직장과 집이 멀어 통근시간이 오래 걸리는 친구 J에게 조건 없이 셰어하우스를 넘겼다. 드디어 나는 어떤 것에도 구속받지 않고, 구속하지 않는 자유의 상태가 되었다. 그리고 일주일 뒤 여행을 떠났다.

여행을 다녀와서 책을 마무리하기까지 봄, 여름, 가을, 겨울, 꼬박 1년의 시간이 걸렸다. 책은 아빠와 함께 썼다. 아마도 '책을 쓰고 싶다'는 마음의 밑바닥에는 이런 것이 있었던 것 같다. 바로 10년 전 아빠와 나의 첫 배낭여행지인 인도에서 알게 된 아빠의 소년시절 꿈을 함께 이루고 싶은 바람 말이다. 그 마음을 눈치 챘는지 아빠는 처음에는 어떻게 책을 쓰냐며 자신 없어했지만, 책을 쓰는 동안에는 나보다 더 즐거워했다. 이윽고 다시 봄이 왔을 때, 서점의 여행 코너에 아빠와 나의 책 두 권이 나란히 놓였다.

평생 다가가지 못할 것 같았던 꿈이,
이제 평생에 걸쳐 하고 싶은 즐거운 일이 된
마법 같은 순간이었다.

# 가슴 뛰는 삶을
## 디자인하다

우리는 정답이 없는 사회에서 살고 있다.
자기만의 답을 가져야 한다. 틀린 답은
없다. 다른 답이 있을 뿐.

다시 현실이다. 하지만 서두르지 않기로 했다. 글을 쓰는 동안 단단해진 마음은 어떤 상황에도 동요하지 않고 침착함을 유지하게 했다. 회사를 다니는 동안 프로젝트를 함께했거나, 서로 영감을 주고받았던 사람들에게 연락해 서울에 왔음을 알렸다. 여행을 하고 책을 쓰는 1년 동안 연락을 끊다시피 했지만, 다시 만난 그들은 여전히 나에게 활력을 주는 존재들이었다.

사람들을 만나고 다니자 조금씩 일이 들어왔다. 무엇이든 도와줄 것이 있으면 연락 달라고 했더니 얼마 뒤 나에게 일을 맡겨주었다. 내가 잘하는 일만 부탁하는 것을 보면, 사람들은 나보다도 내가 잘하는 것을 더 잘 아는 것 같았다. 회사에서 일하던 습관에 나만의 스타일을 더해 신경 써서 일을 했다. 그렇게 시간이 지나니 같이 사업을 하자는 사람도 생기고, 아빠와 나의 책을 보고 인터뷰를 하자는 사람도, 강연을 부탁하는 사람도, TV 출연을 제안하는 사람도 생겼다.

몇 개의 일과 사업 아이템이 내게로 왔다가 가는 동안, 내가 특히 잘 해내는 일이 명백히 드러났다. 바로 회사를 다닐 때 만들었던 액션광장의 연장선에 있는 '교육' 관련 일이었다. 사람들은 나의 교육 방식이 신선하다고 했고, 나도 하면 할수록 더 흥미를 느꼈다. 나는 박제된 학교의 교실보다 무엇이든 시도해볼 수 있는 실험실 같은 교육 현장을 꿈꿨다.

나는 호기심이 많고, 질문이 많은 학생이었다. 그러나 내 호기심을 채워주는 곳은 칠판과 선생님과 책상이 아니었다. 가만히 앉아서 듣기만 하는 수업에서는 도무지 흥미가 생기지 않았다. 그러한 공부는 시험이 끝나고 나면, 하나도 기억에 남지 않았다. 무엇보다 진짜 필요한 순간에 도움이 되지 않았다. 오히려 나를 정해진 틀 속에 가두어 넓은 세상을 제대로 바라보지 못하게 만들었다. 나처럼 호기심 많고, 질문이 많은 학생이 마음껏 뛰어놀 수 있는 실험실이자 놀이터가 있다면 어떨까? 내가 디자인한 교육 프로그램은 바로 이러한 생각으로 시작되었다. 나는 이것을 '액션랩-가슴 뛰는 삶을 디자인하다'라고 이름 지었다.

액션랩에서 나의 역할은 심플하다. 모든 사람들을 각각 연극무대 위 주인공으로 만들어 역할도, 대사도, 스스로 자유롭게 표현할 수 있게 기다려주고 지켜보기, 같이 고민하기, 힘껏 응원하기, 작은 성공의 경험을 축하해주기.

액션랩에 온 어른들은 아이처럼 논다. 스무 살의 대학생도, 여든 살의 할머니도 모두 하고 싶은 것을 거침없이 표현한다. 만화를 그리고, 밴드를 만들고, 파티를 준비하고, 다큐멘터리를 만든다. 마음속에 묻어 두었던 버킷리스트를 꺼내어 자유롭게 만들어나간다. 그런 모습을 바라보는 일은 정말 즐겁다. 지금까지 하던 모든 것을 정리하고, 액션랩에만 몰입하고 싶을 만큼.

하고 싶은 것'만' 하며 사는 것은 어렵다.
그러나 하고 싶은 것'도' 하며
사는 세상에서 살고 싶다.
하고 싶은 것'도' 하며 사는 사람들을 보고 싶다.

# 퇴사 후 어느 날

좋아하는 것을 찾는 방법은 간단하다. 다른 사람의 시선에서 자유로워지기. 내 안의 내가 하는 이야기를 귀 기울여 듣고, 그렇게 해보기.

잘하는 것을 찾는 방법은 간단하다. 좋아하는 것을 하기. 잘하고 싶은 마음만큼 계속해보기.

요즘은 정말 즐겁다. 하고 싶은 일만 하고 좋아하는 사람들만 만나기 때문이다. 월요일이 없다. 일요일도 없긴 하다. 하지만 월요일이 일요일만큼 즐겁다. 내가 지금 하는 일이 나를 발전시키는 일이란 걸 알기 때문에 하기 싫은데 억지로 해야 해서 받는 스트레스가 없다.

아침 일곱 시에 눈을 떠 하루를 시작한다. 산책을 하고 커피를 마시고 보고 싶은 영화나 책을 골라잡는다. 머리가 말랑해지면 책상에 앉아 글을 쓴다. 오후에는 강연 준비를 하고, 그러다 문득 여행을 가기도 한다.

요즘 나는 '일'을 '지적 유희'라고 부른다. 짐으로 생각되기보다 놀이처럼 느껴지기 때문이다. 정말 즐겁다. 나도 모르게 입 꼬리가 올라가 있는 것이 느껴진다. 해야 하는 일이 즐거운 일이 되었고, 즐거운 일을 하다 보니 통장잔고도 채워졌다.

내일이 기대되는 오늘, 내 마음에 막연한 걱정은 존재하지 않는다. 내가 원하고 바라는 것이 무엇인지 정확히 알고 있고, 그것을 이루기 위해 진심 어린 행동을 하기 때문이다. 많은 일을 하지 않는다. 다만 나만의 스타일로 묵묵히 할 일을 할 뿐이다. 그러고 나면 여유가 넘친다. 선물 같은 잉여의 시간이 찾아올 때 나는 내면을 바라보며 상상의 나래를 펼친다.

'나는 무엇을 하고 싶은가?'
'나는 어떻게 살고 싶은가?'

이 길의 끝에 무엇이 있을지 궁금하다.

# 진짜로 그렇게 사는 사람들

원하는 삶이 있다면 그 삶에 물리적으로 가깝게 지내야 한다. 머릿속으로만 그려보는 것이 아니라 원하는 삶을 생생히 묘사하여 글로 적어보고, 그림을 그려보는 등 두 눈으로 자꾸 확인해 보는 것이다.

그리고 무엇보다 이미 그렇게 살고 있는 사람을 찾아야 한다. 그 사람의 삶을 관찰하면서 정말 그렇게 되고 싶은지 스스로에게 물어보자. 밝고 빛나는 것 반대편의 어둡고 습한 것 또한 견딜 수 있을지 말이다.

대답이 YES라면 무엇을 망설이는가? 당신이 원하는 삶을 먼저 살고 있는 사람으로부터 어떻게 그렇게 되었는지 묻고, 힌트를 얻어 하나씩 해보면 된다. 그렇게 점점 당신은 당신이 원하는 삶에 가까워질 것이다.

Q. 내가 살고 싶은 삶을 사는 사람들은 누구인가?

Q. 내 눈에 비친 그들의 모습은 어떠한가? 글로 써보고 그림도 그려보자.

Q. 지금 나는 무엇을 시작해야 하는가?

# 좋아하는 일
# 하면서
# 돈 걱정 없이

ⓒ 이슬기 2017

2017년 7월  5일 초판 1쇄 인쇄
2017년 7월 12일 초판 1쇄 발행

지은이 | 이슬기
발행인 | 이원주
책임편집 | 이연수
책임마케팅 | 문무현

발행처 | (주)시공사
출판등록 | 1989년 5월 10일(제3-248호)

주소 | 서울시 서초구 사임당로 82(우편번호 06641)
전화 | 편집(02)2046-2850 · 마케팅(02)2046-2894
팩스 | 편집 · 마케팅(02)585-1755
홈페이지 | www.sigongsa.com

ISBN 978-89-527-7891-8  03810

이 도서의 국립중앙도서관 출판예정도서목록(CIP)은 서지정보유통지원시스템 홈페이지
(http://seoji.nl.go.kr)와 국가자료공동목록시스템(http://www.nl.go.kr/kolisnet)에서
이용하실 수 있습니다. (CIP제어번호 : CIP2017015515)